# 鲁迅

**▶ 走近鲁迅 ◀**

# 诗话

鲁 迅 | 著

广陵书社

图书在版编目（ＣＩＰ）数据

鲁迅诗话 ／ 鲁迅著. —— 扬州 ：广陵书社，2019.4（2020.7 重印）
（走近鲁迅 / 陈武主编）
ISBN 978-7-5554-1226-7

Ⅰ．①鲁… Ⅱ．①鲁… Ⅲ．①鲁迅杂文－杂文集
Ⅳ．①I210.4

中国版本图书馆CIP数据核字 (2019) 第064926号


丛 书 名　走近鲁迅
丛书主编　陈　武


书　　名　鲁迅诗话
著　　者　鲁　迅　　　　　特约编辑　罗路晗
责任编辑　李　洁　　　　　封面题签　葛丽萍
出 版 人　曾学文　　　　　装帧设计　鸿儒文轩·书心瞬意

出版发行　广陵书社
　　　　　扬州市维扬路 349 号　　　邮编：225009
　　　　　http://www.yzglpub.com　　E-mail:yzglss@163.com
印　　刷　三河市华东印刷有限公司

开　　本　880mm×1230mm　　　1/32
字　　数　120 千字
印　　张　7
版　　次　2019 年 4 月第 1 版
印　　次　2020 年 7 月第 2 次印刷
书　　号　ISBN 978-7-5554-1226-7
定　　价　42.00 元

鲁迅诗话

# 目　录

# 坟·摩罗诗力说

## 一

盖人文之留遗后世者，最有力莫如心声。古民神思，接天然之闷宫，冥契万有，与之灵会，道其能道，爰为诗歌。其声度时劫而入人心，不与缄口同绝。

## 二

故态永存，是曰古国。惟诗究不可灭尽，则又设范以因之。如中国之诗，舜云言志；而后贤立说，乃云持人性情，三百之旨，无邪所蔽。夫既言志矣，何持之云？强以无邪，即非人志。许自繇于鞭策羁縻之下，殆此事乎？然厥后文章，乃果辗转不逾此界。其颂祝主人，悦媚豪右之作，可无俟言。即或心应虫鸟，情感林泉，发为韵语，亦多拘于无形之囹圄，不能舒两间之真美。否则悲慨世事，感怀前贤，可有可无之作，聊行于世。倘其嗫嚅之中，偶涉眷爱，而儒服之士，即交口非之。况言之至反常俗者乎？

## 三

惟灵均将逝，脑海波起，通于汨罗。返顾高丘，哀其无女，则抽写哀怨，郁为奇文。茫洋在前，顾忌皆去，怼世俗之浑浊，颂己身之修能，怀疑自遂古之初，直至百物之琐末，放言无惮，为前人所不敢言。然中亦多芳菲凄恻之音，而反抗挑战，则终其篇未能见，感动后世，为力非强。

## 四

中国汉晋以来，凡负文名者，多受谤毁，刘彦和为之辩曰，人禀五才，修短殊用，自非上哲，难以求备，然将相以位隆特达，文士以职卑多诮，此江河所以腾涌，涓流所以寸析者。东方恶习，尽此数言。

# 五

盖诗人者，撄人心者也。凡人之心，无不有诗，如诗人作诗，诗不为诗人独有，凡一读其诗，心即会解者，即无不自有诗人之诗。无之何以能解？惟有而未能言，诗人为之语，则握拨一弹，心弦立应，其声澈于灵府，令有情皆举其首，如睹晓日，益为之美伟强力高尚发扬，而污浊之平和，以之将破。平和之破，人道蒸也。

# 六

今且置古事不道，别求新声于异邦，而其因即动于怀古。新声之别，不可究详；至力足以振人，且语之较有深趣者，实莫如摩罗诗派。摩罗之言，假自天竺，此云天魔，欧人谓之撒但，人本以目裴伦（G. Byron）。今则举一切诗人中，凡立意在反抗，指归在动作，而为世所不甚愉悦者悉入之。为传其言行思惟，流别影响，始宗主裴伦，终以摩迦（匈加利）文士。凡是群人，外状至异，各禀自国之特色，发为光华；而要其大归，则趣于一：大都不为顺世和乐之音，动吭一呼，闻者兴起，争天拒俗，而精神复深感后世人心，绵延至于无已。虽未生以前，解脱而后，或以其声为不足听；若其生活两间，居天然之掌握，辗转而未得脱者，则使之闻之，固声之最雄桀伟美者矣。然以语平和之民，则言者滋惧。

# 七

十九世纪初，世界动于法国革命之风潮，德意志、西班牙、意大利希腊皆兴起，往之梦意，一晓而苏；惟英国较无动。顾上下相迕，时有不平，而诗人裴伦，实生此际。其前有司各德（W. Scott）辈，为文率平妥翔实，与旧之宗教道德极相容。迨有裴伦，乃超脱古范，直抒所信，其文章无不函刚健抗拒破坏挑战之声。平和之人，能无惧乎？于是谓之撒但。

# 八

裴伦以千七百八十八年一月二十二日生于伦敦，十二岁即为诗；长游堪勃力俱大学不成，渐决去英国，作汗漫游，始于波陀牙，东至希腊突厥及小亚细亚，历审其天物之美，民俗之异，成《哈洛尔特游草》（Childe Harold's Pilgrimage）二卷，波谲云诡，世为之惊绝。次作《不信者》（The Giaour）暨《阿毕陀斯新妇行》（The Bride of Abydos）二篇，皆取材于突厥。……迨千八百十四年一月，赋《海贼》（The Corsair）之诗。……越三月，又作赋曰《罗罗》（Lara），记其人尝杀人不异海贼，后图起事，败而伤，飞矢来贯其胸，遂死。所叙自尊之夫，力抗不可避之定命，为状惨烈，莫可比方。此他犹有所制，特非雄篇。其诗格多师司各德，而司各德由是锐意于小说，不复为诗，避裴伦也。已而裴伦去其妇，世虽不知去之之故，然争难之，每临会议，嘲骂即四起，且禁其赴剧场。其友穆亚为之传，评是事曰，世于裴伦，不异其母，忽爱忽恶，无判决也。顾窘戮天才，殆人群恒状，滔滔皆是，宁止英伦。中国自汉晋以来，凡负文名者多受谤毁，……然裴伦之祸，则缘起非如前陈，实反由于名盛，社会顽愚，仇敌窥觑，乘隙立起，众则不察而妄和之；若颂高官而厄寒士者，其污且甚于此矣。顾裴伦由是遂不能居英，自曰，……吾其行乎？……已而终去英伦，千八百十六年十月，抵意大利。自此，裴伦之作乃益雄。

裴伦在异域所为文，有《哈洛尔特游草》之续，《堂祥》（Don Juan）之诗，及三传奇称最伟，无不张撒但而抗天帝，言人所不能言。

# 九

[ 1 ]

裴伦亦然，自必居人前，而怒人之后于众。盖非自居人前，不能使人勿后于众故；任人居后而自为之前，又为撒但

005
坟·摩罗诗力说

大耻故。故既揄扬威力，颂美强者矣，复曰，吾爱亚美利加，此自由之区，神之绿野，不被压制之地也。由是观之，裴伦既喜拿破仑之毁世界，亦爱华盛顿之争自由，既心仪海贼之横行，亦孤援希腊之独立，压制反抗，兼以一人矣。虽然，自由在是，人道亦在是。

[2]

故怀抱不平，突突上发，则倨傲纵逸，不恤人言，破坏复仇，无所顾忌，而义侠之性，亦即伏此烈火之中，重独立而爱自繇，苟奴隶立其前，必衷悲而疾视，衷悲所以哀其不幸，疾视所以怒其不争，此诗人所为援希腊之独立，而终死于其军中者也。盖裴伦者，自繇主义之人耳，尝有言曰，若为自由故，不必战于宗邦，则当为战于他国。

[3]

吾今为案其为作思惟，索诗人一生之内阂，则所遇常抗，所向必动，贵力而尚强，尊己而好战，其战复不如野兽，为独立自由人道也，……故其平生，如狂涛如厉风，举一切伪饰陋习，悉与荡涤，瞻顾前后，素所不知；精神郁勃，莫可制抑，力战而毙，亦必自救其精神；不克厥敌，战则不止。而复率真行诚，无所讳掩，谓世之毁誉褒贬、是非善恶，皆缘习俗而非诚，因悉措而不理也。

[4]

裴伦亦然，自尊而怜人之为奴，制人而援人之独立，无惧于狂涛而大傲于乘马，好战崇力，遇敌无所宽假，而于累囚之苦，有同情焉。意者摩罗为性，有如此乎？且此亦不独摩罗为然，凡为伟人，大率如是。即一切人，若去其面具，诚心以思，有纯禀世所谓善性而无恶分者，果几何人？遍观众生，必几无有，则裴伦虽负摩罗之号，亦人而已，夫何诧焉。顾其不容于英伦，终放浪颠沛而死异域者，特面具为之害耳。此即裴伦所反抗破坏，而迄今犹杀真人而未有止者也。嗟夫，虚伪之毒，有如是哉！裴伦平时，其制诗极诚，尝曰，英人评骘，不介我心。若以我诗为愉快，任之而已。吾何能阿其所好为？吾之握管，不为妇孺庸俗，乃以吾全心全情感全意志，与多量之精神而成诗，非欲聆彼辈柔声而作者也。夫如是，故凡一字一辞，无不即其人呼吸精神之形现，中于人心，神弦立应，其力之曼衍于欧土，例不能别求之英诗人中；仅司各德所为说部，差足与相伦比而已。若问其力奈何？则意大利、希腊二国，已如上述，可毋赘言。此他西班牙、德意志诸邦，亦悉蒙其影响。次复入斯拉夫族而新其精神，流泽之长，莫可阐述。至其本国，则犹有修黎（Percy Bysshe Shelley）一人。

坟·摩罗诗力说

诗。时既艰危，性复狷介，世不彼爱，而彼亦不爱世，人不容彼，而彼亦不容人，客意大利之南方，终以壮龄而夭死，谓一生即悲剧之实现，盖非夸也。

十一

修黎者，以千七百九十二年生于英之名门，姿状端丽，夙好静思；比入中学，大为学友暨校师所不喜，虐遇不可堪。诗人之心，乃早萌反抗之朕兆；后作说部，以所得值给其友八人，负狂人之名而去。次入恶斯佛大学，修爱智之学，屡驰书乞教于名人。而尔时宗教，权悉归于冥顽之牧师，因以妨自由之崇信。修黎蹶起，著《无神论之要》一篇，略谓惟慈爱平等三，乃使世界为乐园之要素，若夫宗教，于此无功，无可有也。书成行世，校长见之大震，终逐之；其父亦惊绝，使谢罪返校，而修黎不从，因不能归。天地虽大，故乡已失，于是至伦敦，时年十八，顾已孤立两间，欢爱悉绝，不得不与社会战矣。已而知戈德文（W.Godwin），读其著述，博爱之精神益张。次年入爱尔兰，檄其人士，于政治宗教，皆欲有所更革，顾终不成。逮千八百十五年，其诗《阿刺斯多》（Alastor）始出世，记怀抱神思之人，索求美者，遍历不见，终死旷原，如自叙也。次年，乃识裴伦于瑞士；裴伦深称其人，谓奋迅如狮子，又善其诗，而世犹无顾之者。又次年成

《伊式阑转轮篇》（The Revolt of Islam）。凡修黎怀抱，多抒于此。篇中英雄曰罗昂，以热诚雄辩，警其国民，鼓吹自由，掊击压制，顾正义终败，而压制于以凯还，罗昂遂为正义死。是诗所函，有无量希望信仰，暨无穷之爱，穷追不舍，终以殒亡，盖罗昂者，实诗人之先觉，亦即修黎之化身也。

至其杰作，尤在剧诗；尤伟者二，一曰《解放之普洛美迢斯》（Prometheus Unbound），一曰黏希（The Cenci）。……上述二篇，诗人悉出以全力。尝自言曰，吾诗为众而作，读者将多。又曰：此可登诸剧场者。顾诗成而后，实乃反是，社会以谓不足读，伶人以谓不可为；修黎抗伪俗弊习以成诗，而诗亦即受伪俗弊习之夭阏，此十九稘上叶精神界之战士，所为多抱正义而骈殒者也。虽然，往时去矣，任其自去，若夫修黎之真值，则至今日而大昭。革新之潮，此其巨派，戈德文书出，初启其端，得诗人之声，乃益深入世人之灵府。凡正义自由真理以至博爱希望诸说，无不化而成醇，或为罗昂，或为普洛美迢，或为伊式阑之壮士，现于人前，与旧习对立，更张破坏，无稍假借也。旧习既破，何物斯存，则惟改革之新精神而已。十九世纪机运之新，实赖有此。朋思唱于前，裴伦修黎起其后，掊击排斥，人渐为之仓皇；而仓皇之中，即亟人生之改进。故世之嫉视破坏，加之恶名者，特见一偏而未得其全体者尔。若为案其真状，则光明希望，实伏于中。恶物悉颠，于群何毒？破坏之云，特可发自冥顽牧

师之口，而不可出诸全群者也。若其闻之，则破坏为业，斯
愈益贵矣！况修黎者，神思之人，求索而无止期，猛进而不
退转，浅人之所观察，殊莫可得其渊深。若能真识其人，将
见品性之卓，出于云间，热诚勃然，无可沮遏，自趁其神思
而奔神思之乡；此其为乡，则爰有美之本体。

# 十二

　　普式庚（A.Pushkin）以千七百九十九年生于墨斯科，幼
即为诗，初建罗曼宗于其文界，名以大扬。顾其时俄多内
讧，时势方亟，而普式庚诗多讽喻，人即借而挤之，将流鲜
卑。有数耆宿力为之辩，始获免，谪居南方。其时始读裴伦
诗，深感其大，思理文形，悉受转化，小诗亦尝摹裴伦；尤
著者有《高加索累因行》，至与《哈洛尔特游草》相类。……
其《及泼希》（Gypsyr）一诗亦然。……二者为诗，虽有裴伦
之色，然又至殊。凡厥中勇士，等是见放于人群，顾复不离
亚力山大时俄国社会之一质分，易于失望，速于奋兴，有厌
世之风。而其志至不固，普式庚于此，已不与以同情，诸凡
切于报复而观念无所胜人之失，悉指摘不为讳饰。……尔后
巨制，曰《阿内庚》（Eugiene Onieguine），诗材至简，而文特
富丽，尔时俄之社会，情状略具于斯。惟以推敲八年，所蒙
之影响至不一，故性格迁流，首尾多异。厥初二章，尚受裴

伦之感化，则其英雄阿内庚为性，力抗社会，断望人间，有裴伦式英雄之概，特已不凭神思，渐近真然，与尔时其国青年之性质肖矣。厥后外缘转变，诗人之性格亦移，于是渐离裴伦，所作亦趣于独立；而文章益妙，著述亦多。至与裴伦分道之因，则为说亦不一：或谓裴伦绝望奋战，意向峻绝，实与普式庚性格不相容。曩之信崇，盖出一时之激越，迨风涛大定，自即弃置而返其初；或谓国民性之不同，当为是事之枢纽，西欧思想，绝异于俄，其去裴伦，实由天性，天性不合，则裴伦之长存自难矣。凡此二说，无不近理；特就普式庚个人论之，则其对于裴伦，仅摹外状，迨放浪之生涯毕，乃骤返其本然，……故旋墨斯科后，立言益务平和，凡足与社会生冲突者，咸力避而不道，且多赞诵，美其国之武功。千八百三十一年波阑抗俄，西欧诸国右波阑，于俄多所憎恶。普式庚乃作《俄国之谗谤者》暨《波罗及诺之一周年》二篇，以自明爱国。丹麦评骘家勃阑兑思（G.Brandes）于是有微辞，谓惟武力之恃而狼藉人之自由，虽云爱国，顾为兽爱。特此亦不仅普式庚为然，即今之君子，日日言爱国者，于国有诚为人爱而不坠于兽爱者，亦仅见也。及晚年，与和阑公使子罩提斯连，终于决斗被击中腹，越二日而逝，时为千八百三十七年。俄自有普式庚，文界始独立，故文史家芘宾谓真之俄国文章，实与斯人偕起也。而裴伦之摩罗思想，则又经普式庚而传来尔孟多夫。

# 十三

　　来尔孟多夫（M.Lermontov）生于千八百十四年，与普式庚略并世。其先……苏格兰人；……顾性格全如俄人，妙思善感，惆怅无间，少即能缀德语成诗；后入大学被黜，乃居陆军学校二年，……及为禁军骑兵小校，始仿裴伦诗纪东方事，且至慕裴伦为人。……顾来尔孟多夫为人，又近修黎。修黎所作《解放之普洛美迢》，感之甚力，……而诗则不之仿。初虽摹裴伦及普式庚，后亦自立。且思想复类德之哲人勖宾赫尔，知习俗之道德大原，悉当改革，因寄其意于二诗：一曰《神摩》（Demon），一曰《谟哜黎》（Mtsyri）。……

　　前此二人之于裴伦，同汲其流，而复殊别。普式庚在厌世主义之外形，来尔孟多夫则直在消极之观念。故普式庚终服帝力，入于平和，而来尔孟多夫则奋战力拒，不稍退转。波覃勖迭氏评之曰，来尔孟多夫不能胜来追之运命，而当降伏之际，亦至猛而骄。凡所为诗，无不有强烈弗和与踔厉不平之响者，良以是耳。来尔孟多夫亦甚爱国，顾绝异普式庚，不以武力若何，形其伟大。凡所眷爱，乃在乡村大野，及村人之生活，且推其爱而及高加索土人。此土人者，以自由故，力敌俄国者也；来尔孟多夫虽自从军，两与其役，然终爱之。所作《伊思迈尔培》（Ismail-Bey）一篇，即纪其事。……

# 十四

[ 1 ]

　　若匈牙利当沉默蜷伏之顷，则兴者有裴象飞（A.Petöfi），沾肉者子也，以千八百二十三年生于吉思珂罗（Kiskörös）。……父虽贾人，而殊有学，能解腊丁文。裴象飞十岁出学于科勒多，既而至阿琐特，治文法三年。然生有殊禀，挚爱自繇，愿为俳优；天性又长于吟咏。比至舍勒美支，入高等学校三月，其父闻裴象飞与优人伍，令止读。遂徒步至菩特沛思德，入国民剧场为杂役。后为亲故所得，留养之，乃始为诗咏邻女，时方十六龄。顾亲属谓其无成，仅能为剧，遂任之去。裴象飞忽投军为兵，虽性恶压制而爱自由，顾亦居军中者十八月，以病疟罢。又入巴波大学，时亦为优，生计极艰，译英法小说自度。千八百四十四年访伟罗思摩谛（M.Vörösmarty），伟为梓其诗。自是遂专力于文，不复为优。此其半生之转点，名亦陡起，众目为匈牙利之大诗人矣。

[ 2 ]

　　四十八年以始，裴象飞诗渐倾于政事，盖知革命将兴，不期而感，犹野禽之识地震也。……尝自言曰，吾琴一音，吾笔一下，不为利役也。居吾心者，爰有天神，使吾歌且吟；天神非他，即自由耳。顾所为文章，时多过情，或与众忤；

尝作《致诸帝》一诗，人多责之。……比国事渐急，诗人知战争死亡且近，极思赴之。自曰，天不生我于孤寂，将召赴战场矣。吾今得闻角声召战，吾魂几欲骤前，不及待令矣。遂投国民军（Honved）中，……是年七月三十一日舍俱思跋之战，遂殁于军。平日所谓为爱而歌，为国而死者，盖至今日而践矣。

[3]

裴彖飞幼时，尝治裴伦暨修黎之诗，所作率纵言自由，诞放激烈，性情亦仿佛如二人。曾自言曰，吾心如反响之森林，受一呼声，应以百响者也。又善体物色，著之诗歌，妙绝人世，自称为无边自然之野花。所著长诗，有《英雄约诺斯》（János Vitéz）一篇，取材于古传。述其人悲欢畸迹。……至于诗人一生，亦至殊异，浪游变易，殆无宁时。虽少逸豫者一时，而其静亦非真静，殆犹大海漩澅中心之静点而已。设有孤舟，卷于旋风，当有一瞬间忽尔都寂，如风云已息，水波不兴，水色青如微笑，顾漩澅偏急，舟复入卷，乃至破没矣。彼诗人之暂静，盖亦犹是焉尔。

# 十五

丹麦人勃阑兑思，于波阑之罗曼派，举密克威支（A. Mickiewicz）斯洛伐支奇（J. Slowacki）克拉旬斯奇（S. Krasinski）三诗人。密克威支者，俄文学家普式庚同时人，以千七百九十八年生于札希亚小村之故家。……十八岁出就维尔那大学，治言语之学，……后渐读裴论诗，又作诗曰《死人之祭》（Dziady）。中数份叙列图尼亚旧俗，每十一月二日，必置酒果于垅上，用享死者，聚村人牧者术士一人，暨众冥鬼，中有失爱自杀之人，已经冥判，每届是日，必更历苦如前此；而诗只断片未成。尔后居加夫诺（Kowno）为教师；二三年返维尔那。递千八百二十二年，捕于俄吏，居囚室十阅月，窗牖皆木制，莫辨昼夜，乃送圣彼得堡，又徙阿兑塞，而其地无需教师，遂之克利米亚，揽其地风物以助咏吟，后成《克利米亚诗集》一卷，已而返墨斯科，从事总督府中，著诗二种，一曰《格罗苏那》（Grazyna）……此篇之意，盖在假有妇人，第以祖国之故，则虽背夫子之命，斥去援兵，欺其军事，濒国于险，且召战争，皆不为过，苟以是至高之目的，则一切事，无不可为者也。一曰《华连洛德》（Wallenrod），其诗取材古代，有英雄以败亡之余，谋复国仇，因伪降敌陈，渐为其长，得一举而复之。此盖以意大利文人摩契阿威黎（Machiavelli）之意，附诸裴伦之英雄，故初视之亦第罗曼派言情之作。检文者不喻其意，听其付梓，密克威支名遂大起。未几得间，因至德国，见其文人瞿提。此他犹有《佗兑支氏》（Pan Tadeusz）一诗，写苏孛烈加暨诃什支珂二族之事，描绘物色，为世所称。其中虽以佗兑支为主人，而其父约舍克

015

坟·摩罗诗力说

易名出家，实其主的。初记二人熊猎，有名华伊斯奇者吹角，起自微声，以至洪响，自榆度榆，自槲至槲，渐乃如千万角声，合于一角；正如密克威支所为诗，有今昔国人之声，寄于是焉。诸凡诗中之声，清澈弘厉，万感悉至，直至波阑一角之天，悉满歌声，……令人忆诗中所云，听者当华伊斯奇吹角久已，而尚疑其方吹未已也。密克威支者，盖即生于彼歌声反响之中，至于无尽者夫。

密克威支至崇拿破仑，谓其实造裴伦，而裴伦之生活暨其光耀，则觉普式庚于俄国，故拿破仑亦间接起普式庚。拿破仑使命，盖在解放国民，因及世界，而其一生，则为最高之诗。至于裴伦，亦极崇仰，谓裴伦所作，实出于拿破仑，英国同代之人，虽被其天才影响，而卒莫能并大。盖自诗人死后，而英国文章，状态又归前纪矣。若在俄国，则善普式庚，二人同为斯拉夫文章首领，亦裴伦分支，逮年渐进，亦均渐趣于国粹；所异者，普式庚少时欲畔帝力，一举不成，遂以铩羽，且感帝意，愿为之臣，失其英年时之主义，而密克威支则长此保持，洎死始已也。当二人相见时，普式庚有《铜马》一诗，密克威支则有《大彼得像》一诗为其记念。……波阑破后，二人遂不相见，普式庚有诗怀之；普式庚伤死，密克威支亦念之至切。顾二人虽甚稔，又同本裴伦，而亦有特异者，如普式庚于晚出诸作，恒自谓少年眷爱自繇之梦，已背之而去，又谓前路已不见仪的之存，而密克威支则仪的如是，决无疑贰也。

# 十六

　　波阑诗人多写狱中戍中刑罚之事，如密克威支作《死人之祭》第三卷中，几尽绘己身所历。倘读其《契珂夫斯奇》（Cichowski）一章，或《娑波卢夫斯奇》（Sobolewski）之什，记见少年二十橇，送赴鲜卑事，不为之生愤激者，盖鲜也。

# 十七

　　斯洛伐支奇以千八百九年生克尔舍密涅克（Krzemieniec），少孤，育于后父；尝入维尔那大学，性情思想如裴伦。二十一岁入华骚户部为书记；越二年，忽以事去国，不能复返。初至伦敦，已而至巴黎，成诗一卷，仿裴伦诗体。时密克威支亦来相见，未几而迕。所作诗歌，多惨苦之音。千八百三十五年去巴黎，作东方之游，经希腊埃及叙利亚，三十七年返意大利，道出曷尔爱列须阻疫，滞留久之，作《大漠中之疫》一诗。记有亚拉伯人，为言目击四子三女，泊其妇相继死于疫，哀情涌于毫素，读之令人忆希腊尼阿孛（Niobe）事，亡国之痛，隐然在焉。且又不止此苦难之诗而已，凶惨之作，恒与俱起，而斯洛伐支奇为尤。凡诗词中，

靡不可见身受楚毒之印象或其见闻，最著者或根史实，如
《克垒勒度克》（Król Duch）中所述俄帝伊凡四世，以剑钉使
者之足于地一节，盖本诸古典者也。

# 十八

《旧约》记神既以七日造天地，终乃抟埴为男子，名曰亚
当，已而病其寂也，复抽其肋为女子，是名夏娃，皆居伊甸。
更益以鸟兽卉木，四水出焉。伊甸有树，一曰生命，一曰知
识。神禁人勿食其实；魔乃凭蛇以诱夏娃，使食之，爰得生
命知识。神怒，立逐人而诅蛇，蛇腹行而土食；人则既劳其
生，又得其死，罚且及于子孙，无不如是。英诗人弥耳敦
（J.Milton），尝取其事作《失乐园》（The Paradise Lost），有天
神与撒但战事，以喻光明与黑暗之争。撒但为状，复至狞厉。
是诗而后，人之恶撒但遂益深。然使震旦人士异其信仰者观
之，则亚当之居伊甸，盖不殊于笼禽，不识不知，惟帝是悦，
使无天魔之诱，人类将无由生，故世间人，当蔑弗秉有魔血，
惠之及人世者，撒但其首矣。然为基督宗徒，则身被此名，
正如中国所谓叛道，人群共弃，艰于置身，非强怒善战黠达
能思之士，不任受也。

# 十九

　　英人加勒尔（Th.Carlyle）曰，得昭明之声，洋洋乎歌心意而生者，为国民之首义。意太利分崩矣，然实一统也，彼生但丁（Dante Alighieri），彼有意语。大俄罗斯之札尔，有兵刃炮火，政治之上，能辖大区，行大业。然奈何无声？中或有大物，而其为大也暗。（中略）迨兵刃炮火，无不腐蚀，而但丁之声依然。有但丁者统一，而无声兆之俄人，终支离而已。

　　　　　　　　　　　　　　　　　　　　一九〇七年。

# 坟·论"他妈的！"

　　唐以后，自夸族望的风气渐渐消除；到了金元，已奉夷狄为帝王，自不妨拜屠沽为卿士，"等"的上下本该从此有些难定了，但偏还有人想辛辛苦苦地爬进"上等"去。刘时中的曲子里说："堪笑这没见识街市匹夫，好打那好顽劣。江湖伴侣，旋将表德官名相体呼，声音多厮称，字样不寻俗。听我一个个细数：粜米的唤子良；卖肉的呼仲甫……开张卖饭的呼君宝；磨面登罗底叫德夫：何足云乎？！"（《乐府新编阳春白雪》三）这就是那时暴发户的丑态。

一九二五年七月十九日。

# 坟·娜拉走后怎样

　　人生最苦痛的是梦醒了无路可以走。做梦的人是幸福的；倘没有看出可走的路，最要紧的是不要去惊醒他。你看，唐朝的诗人李贺，不是困顿了一世的么？而他临死的时候，却对他的母亲说："阿妈，上帝造成了白玉楼，叫我做文章落成去了。"这岂非明明是一个诳，一个梦？然而一个小的和一个老的，一个死的和一个活的，死的高兴地死去，活的放心地活着。说诳和做梦，在这些时候便见得伟大。

　　　　　　　　　　　　　　　　一九二三年十二月二十六日。

# 坟·杂忆

一

苏曼殊先生也译过几首，那时他还没有做诗"寄弹筝人"，因此与 Byron 也还有缘。但译文古奥得很，也许曾经章太炎先生的润色的罢，所以真像古诗，可是流传倒并不广。后来收入他自印的绿面金签的《文学因缘》中，现在连这《文学因缘》也少见了。

二

那时我所记得的人，还有波兰的复仇诗人 Adam

Mickiewicz；匈牙利的爱国诗人 Petöfi Sándor；飞猎滨的文人而为西班牙政府所杀的厘沙路，——他的祖父还是中国人，中国也曾译过他的诗。Hauptmann, Sudermann, Ibsen 这些人虽然正负盛名，我们却不大注意。

<h2 style="text-align:center">三</h2>

有人说 G.Byron 的诗多为青年所爱读，我觉得这话很有几分真。就自己而论，也还记得怎样读了他的诗而心神俱旺；尤其是看见他那花布裹头，去助希腊独立时候的肖像。

……

其实，那时 Byron 之所以比较的为中国人所知，还有别一原因，就是他的助希腊独立。时当清的末年，在一部分中国青年的心中，革命思潮正盛，凡有叫喊复仇和反抗的，便容易惹起感应。

一九二五年六月十六日。

# 坟·从胡须说到牙齿

　　文人墨客大概是感性太锐敏了之故罢，向来就很娇气，什么也给他说不得，见不得，听不得，想不得。道学先生于是乎从而禁之，虽然很像背道而驰，其实倒是心心相印。然而他们还是一看见堂客的手帕或者姨太太的荒冢就要做诗。我现在虽然也弄弄笔墨做做白话文，但才气却仿佛早经注定是该在"水平线"之下似的，所以看见手帕或荒冢之类，倒无动于中；只记得在解剖室里第一次要在女性的尸体上动刀的时候，可似乎略有做诗之意，——但是，不过"之意"而已，并没有诗，读者幸勿误会，以为我有诗集将要精装行世，传之其人，先在此预告。后来，也就连"之意"都没有了，大约是因为见惯了的缘故罢，……。

　　　　　　　　　　　　　　　　　　一九二五年十月三十日。

# 坟·论睁了眼看

## 一

现在，气象似乎一变，到处听不见歌吟花月的声音了，代之而起的是铁和血的赞颂。然而倘以欺瞒的心，用欺瞒的嘴，则无论说 A 和 O，或 Y 和 Z，一样是虚假的；……

没有冲破一切传统思想和手法的闯将，中国是不会有真的新文艺的。

## 二

近来有人以为新诗人的做诗发表，是在出风头，引异性；且迁怒于报章杂志之滥登。殊不知即使无报，墙壁实"古已有之"，早做过发表机关了。据《封神演义》，纣王已经在女娲庙壁上题诗，那起源实在非常之早。报章可以不取白话，或排斥小诗，墙壁却拆不完，管不及的；倘一律刷成黑色，也还有破磁可划，粉笔可书，真是穷于应付。做诗不刻木板，去藏之名山，却要随时发表，虽然很有流弊，但大概是难以杜绝的罢。

一九二五年七月二十二日。

# 坟·未有天才之前

　　其实即使天才，在生下来的时候的第一声啼哭，也和平常的儿童的一样，决不会就是一首好诗。

　　　　　　　　　　　　　　　　　　一九二四年。

# 坟·写在《坟》后面

　　现在呢，思想上且不说，便是文辞，许多青年作者又在古文、诗词中摘些好看而难懂的字面，作为变戏法的手巾，来装潢自己的作品了。我不知这和劝读古文说可有相关，但正在复古，也就是新文艺的试行自杀，是显而易见的。

一九二六年十一月十一日。

# 中国小说的历史的变迁

一

我想，在文艺作品发生的次序中，恐怕是诗歌在先，小说在后的。诗歌起于劳动和宗教。其一，因劳动时，一面工作，一面唱歌，可以忘却劳苦，所以从单纯的呼叫发展开去，直到发挥自己的心意和感情，并偕有自然的韵调；其二，是因为原始民族对于神明，渐因畏惧而生敬仰，于是歌颂其威灵，赞叹其功烈，也就成了诗歌的起源。至于小说，我以为倒是起于休息的。人在劳动时，既用歌吟以自娱，借它忘却劳苦了，则到休息时，亦必要寻一种事情以消遣闲暇。这种事情，就是彼此谈论故事，而这谈论故事，正就是小说的起源。——所以诗歌是韵文，从劳动时发生的；小说是散文，从休息时发生的。

二

　　劳动虽说是发生文艺的一个源头，但也有条件：就是要不过度。劳逸均适，或者小觉劳苦，才能发生种种的诗歌，略有余暇，就讲小说。假使劳动太多，休息时少，没有恢复疲劳的余裕，则眠食尚且不暇，更不必提什么文艺了。

　　　　　　　　　　一九二四年七月二十一日—二十九日。

# 伪自由书·言论自由的界限

看《红楼梦》，觉得贾府上是言论颇不自由的地方。焦大以奴才的身分，仗着酒醉，从主子骂起，直到别的一切奴才，说只有两个石狮子干净。结果怎样呢？结果是主子深恶，奴才痛嫉，给他塞了一嘴马粪。

其实是，焦大的骂，并非要打倒贾府，倒是要贾府好，不过说主奴如此，贾府就要弄不下去罢了。然而得到的报酬是马粪。所以这焦大，实在是贾府的屈原，假使他能做文章，我想，恐怕也会有一篇《离骚》之类。

三年前的新月社诸君子，不幸和焦大有了相类的境遇。他们引经据典，对于党国有了一点微词，虽然引的大抵是英国经典，但何尝有丝毫不利于党国的恶意，不过说"老爷，人家的衣服多么干净，您老人家的可有些儿脏，应该洗它一洗"罢了。不料"荃不察余之中情兮"，来了一嘴的马粪：国报同声致讨，连《新月》杂志也遭殃。但新月社究竟是文人学士的团体，这时就也来了一大堆引据三民主义，辨明心迹的"离骚经"。现在好了，吐出马粪，换塞甜头，有的顾问，有的教授，有的秘书，有的大学院长，言论自由，《新月》也满是所谓"为文艺的文艺"了。

一九三三年四月十七日。

# 伪自由书·崇实

事实常没有字面这么好看。

例如这《自由谈》，其实是不自由的，现在叫作《自由谈》，总算我们是这么自由地在这里谈着。

又例如这回北平的迁移古物和不准大学生逃难，发令的有道理，批评的也有道理，不过这都是些字面，并不是精髓。

倘说，因为古物古得很，……但我们也没有两个北平，而且那地方也比一切现存的古物还要古。……为什么倒撇下不管，单搬古物呢？说一句老实话，那就是并非因为古物的"古"，倒是为了它在失掉北平之后，还可以随身带着，随时卖出铜钱来。

大学生虽然是"中坚分子"，然而没有市价，假使欧美的市场上值到五百美金一名口，也一定会装了箱子，用专车和古物一同运出北平，在租界上外国银行的保险柜子里藏起来的。

但大学生却多而新，惜哉！

费话不如少说，只剥崔颢《黄鹤楼》诗以吊之，曰——


阔人已骑文化去，此地空余文化城。

文化一去不复返，古城千载冷清清。

专车队队前门站，晦气重重大学生。

日薄榆关何处抗，烟花场上没人惊。

一九三三年一月三十一日。

# 伪自由书·文学上的折扣

《颂》诗早已拍马,《春秋》已经隐瞒,……

一九三三年三月十二日。

# 汉文学史纲要·第一篇 自文字至文章

  在昔原始之民，其居群中，盖惟以姿态声音，自达其情意而已。声音繁变，寖成言辞，言辞谐美，乃兆歌咏。时属草昧，庶民朴淳，心志郁于内，则任情而歌呼，天地变于外，则祗畏以颂祝，踊跃吟叹，时越侪辈，为众所赏，默识不忘，口耳相传，或逮后世。

一九二六年。

# 汉文学史纲要·第二篇　书与诗

一

　　诗歌之起，虽当早于记事，然葛天《八阕》，黄帝乐词，仅存其名。《家语》谓舜弹五弦之琴，造《南风》之诗曰："南风之熏兮，可以解吾民之愠兮；南风之时兮，可以阜吾民之财兮。"《尚书大传》又载其《卿云歌》云："卿云烂兮，纠缦缦兮，日月光华，旦复旦兮！"辞仅达意，颇有古风，而汉魏始传，殆亦后人拟作。其可征信者，乃在《尚书·皋陶谟》（伪孔传《尚书》分之为《益稷》）曰：

　　……夔曰：於！予击石拊石，百兽率舞，庶尹允谐。帝庸作歌曰：敕天之命，惟时惟几。乃歌曰：

股肱喜哉，元首起哉，百工熙哉！皋陶拜手稽首扬言曰：念哉！率作兴事，慎乃宪，钦哉！屡省乃成，钦哉！乃赓载歌曰：元首明哉，股肱良哉，庶事康哉！又歌曰：元首丛脞哉，股肱惰哉，万事堕哉！帝曰，俞，往，钦哉！

以体式言，至为简单，去其助字，实止三言，与后之"汤之《盘铭》曰：苟日新，日日新，又日新"同式；又虽亦偶字履韵，而朴陋无华，殊无以胜于记事。然此特君臣相勖，冀各慎其法宪，敬其职事而已，长言咏叹，故命曰歌，固非诗人之作也。

# 二

## 一、孔子曾否删诗？

自商至周，诗乃圆备，存于今者三百五篇，称为《诗经》。其先虽遭秦火，而人所讽诵，不独在竹帛，故最完。司马迁始以为"古者《诗》三千余篇，及至孔子，去其重，取其可施于礼义，上采契后稷，中述殷周之盛，至幽厉之缺"。然唐孔颖达已疑其言；宋郑樵则谓诗皆商周人作，孔子得于鲁太师，编而录之。朱熹于诗，其意常与郑樵合，亦曰："人言夫子删诗，看来只是采得许多诗，夫子不曾删去，只是刊定而已。"

## 二、《诗》的"性质"与"体制"

《书》有六体（典、谟、训、诰、誓、命——辑者），《诗》则有六义焉：一曰风，二曰赋，三曰比，四曰兴，五曰雅，六曰颂。风雅颂以性质言：风者，闾巷之情诗；雅者，朝廷之乐歌；颂者，宗庙之乐歌也。是为《诗》之三经。赋比兴以体制言：赋者直抒其情；比者借物言志；兴者托物兴辞也。是为《诗》之三纬。风以《关雎》始；雅有大小，小雅以《鹿鸣》始，大雅以《文王》始；颂以《清庙》始：是为四始。

## 三、诗序不可信

汉时，说诗者众，鲁有申培，齐有辕固，燕有韩婴，皆尝列于学官，而其书今并亡。存者独有赵人毛苌诗传，其学自谓传自子夏；河间献王尤好之。其诗每篇皆有序，郑玄以为首篇大序即子夏作，后之小序则子夏毛公合作也。而韩愈则云："子夏不序诗。"朱熹解诗，亦但信诗不信序。然据范晔说，则实后汉卫宏之所为尔。

## 四、《诗》的编排与本义

毛氏《诗序》既不可信，三家《诗》又失传，作诗本义遂难通晓。而《诗》之篇目次第，又不甚以时代为先后，故后来异说滋多。明何楷作《毛诗世本古义》，乃以诗编年，谓上起于夏少康时（《公刘》《七月》等）而讫于周敬王之世

（《下泉》），虽与孟子知人论世之说合，然亦非必其本义矣。要之，《商颂》五篇，事迹分明，词亦诘屈，与《尚书》近似。用以上续舜皋陶之歌，或非诬欤？……

至于二《雅》，则或美或刺，较足见作者之情，非如《颂》诗，大率叹美。如《小雅·采薇》，言征人远戍，虽劳而不敢息云：（下引《采薇》，从略——辑者）此盖所谓怨诽而不乱，温柔敦厚之言矣。然亦有激切者，如《大雅·瞻卬》：（下引《瞻卬》，从略——辑者）

《国风》之词，乃较平易，发抒情性，亦更分明。（下引《召南·野有死麕》《郑风·溱洧》和《唐风·山有枢》为例，从略——辑者）

《诗》之次第，首《国风》，次《雅》，次《颂》。《国风》次第，则始周、召二南，次邶、鄘、卫、王、郑、齐、魏、唐、秦、陈、桧、曹而终以豳。其序列先后，宋人多以为即孔子微旨所寓，然古诗流传来久，篇次未必一如其故，今亦无以定之。惟《诗》以平易之《风》始，而渐及典重之《雅》与《颂》；《国风》又以所尊之周室始，次乃旁及于各国，则大致尚可推见而已。

《诗》三百篇，皆出北方，而以黄河为中心。其十五国中，周南、召南、王、桧、陈、郑在河南，邶、鄘、卫、曹、齐、魏、唐在河北，豳秦则在泾渭之滨，疆域概不越今河南、山西、陕西、山东四省之外。其民厚重，故虽直抒胸臆，犹能止乎礼义，忿而不戾，怨而不怒，哀而不伤，乐而不淫，虽诗歌，亦教训也。然此特后儒之言，实则激楚之言，奔放之词，《风》《雅》中亦常有，而孔子则曰："《诗》三百，一言以蔽之，曰：思无邪。"后儒因孔子告颜渊为邦，曰"放郑声"。又曰："恶郑声之乱雅乐也。"遂亦疑及《郑风》，以为淫逸，失其旨矣。自心不净，则外物随之。嵇康曰："若夫郑声，是音声之至妙，妙音感人，犹美色惑志，耽槃荒酒，易以丧业，自非至人，孰能御之？"（本集《声无哀乐论》）世之欲捐窈宨之声，盖由于此，其理亦并通于文章。

一九二六年。

# 汉文学史纲要·第四篇　屈原及宋玉

## 一

　　战国之世，言道术既有庄周之蔑诗礼，贵虚无，尤以文辞，陵轹诸子。在韵言则有屈原起于楚，被谗放逐，乃作《离骚》。逸响伟辞，卓绝一世。后人惊其文采，相率仿效，以原楚产，故称《楚辞》。较之于《诗》，则其言甚长，其思甚幻，其文甚丽，其旨甚明，凭心而言，不遵矩度。故后儒之服膺诗教者，或訾而绌之，然其影响于后来之文章，乃甚或在三百篇以上。

　　……

　　《离骚》之出，其沾溉文林，既极广远，评骘之语，遂亦纷繁，扬之者谓可与日月争光，抑之者且不许与狂狷比迹，盖一则达观于文章，一乃局蹐于诗教，故其裁决，区以别矣。实则《离骚》之异于《诗》者，特在形式藻采之间耳。时与俗异，故声调不同；地异，故山川神灵动植皆不同；惟欲婚简狄，留二姚，或为北方人民所不敢道，若其怨愤责数之言，则三百篇中之甚于此者多矣。楚虽蛮夷，久为大国。春秋之世，已能赋诗，风雅之教，宁所未习？幸其固有文化，尚未沦亡，交错为文，遂生壮采。刘勰取其言辞，校之经典，谓有异有同，固雅颂之博徒，实战国之风雅，"虽取熔经义，亦自铸伟辞。……故能气往轹古，辞来切今，惊采绝艳，难与并能"。(《文心雕龙·辨骚》)可谓知言者已。

形式文采之所以异者，由二因缘，曰时与地。古者交接邻国，揖让之际，盖必诵诗，故孔子曰："不学诗，无以言。"周室既衰，聘问歌咏，不行于列国，而游说之风寖盛，纵横之士，欲以唇吻奏功，遂竞为美辞，以动人主。……余波流衍，渐及文苑，繁辞华句，固已非诗之朴质之体式所能载矣。况《离骚》产地，与《诗》不同，彼有河渭，此则沅湘，彼惟朴樕，此则兰茝；又重巫，浩歌曼舞，足以乐神，盛造歌辞，用于祀祭。《楚辞》中有《九歌》，谓"楚南郢之邑，沅湘之间，其俗信鬼而好祀，……屈原放逐，……愁思怫郁，出见俗人祭祀之礼，歌舞之乐，其词鄙俚，因为作《九歌》之曲"。而绮靡杳渺，与原他文颇不同，虽曰"为作"，固当有本。俗歌俚句，非不可沾溉词人，句不拘于四言，圣不限

043

汉文学史纲要·第四篇 屈原及宋玉

于尧舜，盖荆楚之常习，其所由来者远矣。

# 二

稍后，楚又有宋玉、唐勒、景差之徒，皆好辞，而以赋见称。然虽学屈原之文辞，终莫敢直谏。盖掇其哀愁，猎其华艳，而"九死未悔"之概失矣。宋玉者，王逸以为屈原弟子；事怀王之子襄王，为大夫，然不得志。所作本十六篇，今存十一篇，殆多后人拟作，可信者有《九辩》。《九辩》本古辞，玉取其名，创为新制，虽驰神逞想，不如《离骚》，而凄怨之情，实为独绝。……

又有《招魂》一篇，外陈四方之恶，内崇楚国之美，欲招魂魄，来归修门。司马迁以为屈原作，然辞气殊不类。其文华靡，长于敷陈，言险难则天地间皆不可居，述逸乐则饮食声色必极其致，后人作赋，颇学其夸。句末俱用"些"字，亦为创格。宋沈存中云，"今夔峡湖湘及南北江獠人，凡禁咒句尾皆称些，乃楚人旧俗"也。……

其称为赋者则九篇（《文选》四篇；《古文苑》六篇，然《舞赋》实傅毅作），大率言玉与唐勒景差同侍楚王，即事兴情，因而成赋。然文辞繁缛填委，时涉神仙，与玉之《九辩》《招魂》及当时情景颇违异，疑亦犹屈原之《卜居》《渔文》，皆后人依托为之。又有《对楚王问》（见《文选》及《说苑》。

按《说苑》应作《新序》——辑者），自辩所以不见誉于士民众庶之故，先征歌曲，次引鲸凤，以明俗士之不能知圣人。其辞甚繁，殆如游说之士所谈辩，或亦依托也。然与赋当并出汉初。刘勰谓赋萌于《骚》，荀卿宋玉，乃锡专名，与诗划境，蔚成大国；又谓"宋玉含才，始造'对问'"，于是枚乘《七发》，扬雄《连珠》，抒愤之文，郁然盛起。然则骚者，固亦受三百篇之泽，而特由其时游说之风而恢宏，因荆楚之俗而奇伟；赋与对问，又其长流之漫于后代者也。

唐勒景差之文，今所传尤少。《楚辞》中有《大招》，欲效《招魂》而甚不逮。王逸云："屈原之所作也；或曰景差。"审其文辞，谓差为近。

一九二六年。

# 汉文学史纲要·第六篇　汉宫之楚声
## ——垓下歌、大风歌、秋风辞及其它

……楚汉之际，诗教已熄，民间多乐楚声，刘邦以一亭长登帝位，其风遂亦被官掖。盖秦灭六国，四方怨恨，而楚尤发愤，誓虽三户必亡秦。于是江湖激昂之士，遂以楚声为尚。项籍困于垓下，歌曰："力拔山兮气盖世，时不利兮骓不逝！骓不逝兮可奈何？虞兮虞兮奈若何？"楚声也。高祖既定天下，因征黥布过沛，置酒沛宫，召故人父老子弟佐酒，自击筑歌曰："大风起兮云飞扬。威加海内兮归故乡。安得猛士兮守四方！"亦楚声也。且发沛中儿百二十人教之歌，群儿皆和习之。其后欲立戚夫人子赵王如意，因而废太子，不果，戚夫人泣涕，亦令作楚舞，而自为楚歌：

鸿鹄高飞，一举千里，羽翼已就，横绝四海。

横绝四海，又可奈何？虽有矰缴，尚安所施？

《房中乐》始于周，以乐祖先。汉初，高帝姬唐山夫人作乐词，以从帝所好，亦楚声。至孝惠二年（前一九三）使乐府令夏侯宽备其箫管，更名《安世乐》，凡十六章。……

又以沛宫为原庙，令歌儿吹习高帝《大风》之歌，遂用百二十人为常员。文景相嗣，礼官肄之。楚声之在汉宫，其见重如此，故后来帝王仓卒言志，概用其声，而武帝词华，实为独绝。当其行幸河东，祠后土，顾视帝京，忻然中流。与群臣宴饮，自作《秋风辞》，缠绵流丽，虽词人不能过也。

秋风起兮白云飞，草木黄落兮雁南归。兰有秀兮菊有芳，怀佳人兮不能忘。泛楼船兮济汾河，横中流兮扬素波，箫鼓鸣兮发棹歌。欢乐极兮哀情多，少壮几时兮奈老何！

降及少帝，将为董卓所酖，与妻唐姬别，悲歌云："天道易兮我何艰，弃万乘兮退守藩。逆臣见迫兮命不延，逝将去汝兮适幽玄！"唐姬歌曰："皇天崩兮后土颓，身为帝兮命夭摧。死生路异兮从此乖，奈何茕独兮中心哀！"虽临危抒愤，词意浅露，而其体式，亦皆楚歌也。

一九二六年。

# 汉文学史纲要·第八篇　藩国之文术

　　《文选》又有《古诗十九首》，皆五言，无撰人名。唐李善曰："并云古诗，盖不知作者；或云枚乘，疑不能明也。"然陈徐陵所集《玉台新咏》，则其中九首，明题乘名。审如是，乘乃不特始创七体（枚乘始作《七发》——辑者），且亦肇开五古者矣，今录其三：（下引"西北有高楼""相去日已远""迢迢牵牛星"，从略。——辑者）

　　其词随语成韵，随韵成趣，不假雕琢，而意志自深，风神或近楚《骚》，体式实为独造，诚所谓"畜神奇于温厚，寓感怆于和平，意愈浅愈深，词愈近愈远"者也。稍后李陵与苏武赠答，亦为五言，盖文景以后，渐多此体，而天质自然，终当以乘为独绝矣。

　　　　　　　　　　　　　　　　　　　　　　　一九二六年。

# 汉文学史纲要·第九篇　武帝时文术之盛

　　武帝有雄才大略，而颇尚儒术。……又早慕词赋，喜"楚辞"，尝使淮南王安为《离骚》作传，其所自造，如《秋风辞》（见第六篇）、《悼李夫人赋》（见《汉书·外戚传》）等，亦入文家堂奥。复立乐府，集赵代齐楚之讴，以李延年为协律都尉，多举司马相如等数十人作诗颂，用于天地诸祠，是为《十九章》之歌。延年辄承意弦歌所造诗，谓之"新声曲"，实则楚声之遗，又扩而变之者也。其《郊祀歌》十九章，今存《汉书·礼乐志》中，第三至第六章，皆题"邹子乐"。

　　……

　　是时河间献王以为治道非礼乐不成，因献所集雅乐；大乐官亦肄习之以备数，然不常用，用者皆新声。至敖游宴饮之时，则又有新声变曲。曲亦昉于李延年。延年中山人，身及父母兄弟皆故倡，坐法腐刑，给事狗监中。性知音，善歌舞，武帝爱之，每为新声变曲，闻者莫不感动。尝侍武帝，起舞，歌曰："北方有佳人，绝世而独立，一顾倾人城，再顾倾人国。宁不知倾城与倾国，佳人难再得。"因进其女弟，得幸，号李夫人，早卒。武帝思念不已。方士齐人少翁言能致其魂。乃夜张烛设帐，而令帝后他帐遥望，见一好女，如李夫人之貌，然不得就视，帝愈益相思悲感，作为诗曰："是耶非耶？立而望之，偏何姗姗其来迟。"令乐府诸音乐家弦歌之，随事兴咏，节促意长，殆即所谓新声变曲者也。

文学之士，在武帝左右者亦甚众。先有严助，会稽吴人，严忌子也，或云族家子，以贤良对策高第，擢为中大夫。助荐吴人朱买臣召见，说《春秋》，言"楚词"，亦拜中大夫，与严助俱侍中。又有吾丘寿王、司马相如、主父偃、徐乐、严安、东方朔、枚皋、胶仓、终军、严葱奇等，而东方朔、枚皋、严助、吾丘寿王、司马相如尤见亲幸。相如文最高，然常称疾避事；朔、皋持论不根，见遇如俳优，惟严助与寿王见任用。……

诗之新制，亦复蔚起。《骚》《雅》遗声之外，遂有杂言，是为《乐府》。《汉书》云东方朔作八言及七言诗，各有上下篇，今虽不传，然元封三年作柏梁台，诏群臣二千石有能为七言诗，乃得上坐，则其辞今具存，通篇七言，亦联句之权

輿也。（柏梁台七言联句从略——辑者）

褚少孙补《史记》云："东方朔行殿中，郎谓之曰：人皆以先生为狂。朔曰：如朔等，所谓避世于朝廷间者也。古之人乃避世于深山中。时坐席中酒酣，乃据地歌曰——

　　陆沉于俗，避世金马门。宫殿中，可以避世全身，何必深山之中，蒿庐之下。

亦新体也。然或出后人附会。

五言有枚乘开其先，而是时苏李别诗，亦称佳制。苏武字子卿，京兆杜陵人，天汉元年，以中郎将使匈奴，留不遣。李陵字少卿，陇西成纪人，天汉二年击匈奴，兵败降虏，单于以女妻之，立为右校王；汉夷其族。至元始六年，苏武得归，故与陵以诗赠答：（下引"携手上河梁"和"二凫俱北飞"二首，从略。鲁迅有注云："苏武别李陵，见《初学记》卷十八，然疑是后人拟作。"——辑者）

武归后拜典属国；宣帝即位，赐爵关内侯，神爵二年（前六十）卒，年八十余。陵则在匈奴二十余年，卒，有集二卷。诗以外，后世又颇传其书问，在《文选》及《艺文类聚》中。

一九二六年。

# 鲁迅书信集（上卷）·致江绍原

今夜偶阅《夷白斋诗话》（明顾元庆著，收在何文焕辑刊之《历代诗话》中），见有一则，颇可为"撒园荽"之旁证，特录奉：——

南方谚语有："长老种芝麻，未见得。"余不解其意。偶阅唐诗，始悟斯言其来远矣。诗云："蓬鬓荆钗世所稀，布裙犹是嫁时衣。胡麻好种无人种，合是归时底不归？"胡麻，即今芝麻也。种时，必夫妇两手同种，其麻倍收。长老，言僧也，必无可得之理，故云。

一九二七年七月二十七日。

# 鲁迅书信集（上卷）·致姚克

　　歌，诗，词，曲，我以为原是民间物，文人取为己有，越做越难懂，弄得变成僵石，他们就又去取一样，又来慢慢的绞死它。譬如《楚辞》罢，《离骚》虽有方言，倒不难懂，到了扬雄，就特地"古奥"，令人莫名其妙，这就离断气不远矣。词、曲之始，也都文从字顺，并不艰难，到后来，可就实在难读了。现在的白话诗，已有人掇用"选"字，或每句字必一定，写成一长方块，也就是这一类。

　　　　　　　　　　　　　　一九三四年二月二十日。

# 鲁迅书信集（上卷）·致李秉中

生今之世，而多孩子，诚为累坠之事，然生产之费，问题尚轻，大者乃在将来之教育，国无常经，个人更无所措手，我本以绝后顾之忧为目的，而偶失注意，遂有婴儿，念其将来，亦常惆怅，然而事已如此，亦无奈何，长吉诗云：己生须己养，荷担出门去。只得加倍服劳，为孺子牛耳，尚何言哉。

一九三一年四月十五日。

# 鲁迅书信集（上卷）·致曹聚仁

一

周作人自寿诗，诚有讽世之意，然此种微辞，已为今之青年所不憭，群公相和，则多近于肉麻，于是火上添油，遂成众矢之的，而不作此等攻击文字，此外近日亦无可言。此亦"古已有之"，文人美女，必负亡国之责，近似亦有人觉国之将亡，已在卸责于清流或舆论矣。

一九三四年四月卅日。

二

至于周作人之诗，其实是还藏些对于现状的不平的，但太隐晦，已为一般读者所不憭，加以吹擂太过，附和不完，致使大家觉得讨厌了。

一九三四年五月六日。

# 鲁迅书信集（上卷）·致杨霁云

我平常并不做诗，只在有人要我写字时，胡诌几句塞责，并不存稿。

一九三四年十月十三日。

# 鲁迅书信集（上卷）·致陈濬

　　弟在广州之谈魏晋事，盖实有慨而言。"志大才疏"，哀北海之终不免也。

　　　　　　　　　　　　　　一九二八年十二月三十日。

# 鲁迅书信集（上卷）·致王熙之

　　大作的诗，有几首是很可诵的，但内容似乎旧一点，此种感兴，在这里是已经过去了。

一九三三年十二月二十六日。

# 鲁迅书信集（上卷）·致傅斯年

一

《新潮》里的诗写景叙事的多，抒情的少，所以有点单调。此后能多有几样作风 很不同的诗就好了。

二

翻译外国的诗歌也是一种要事，可惜这事很不容易。

一九一九年四月十六日。

# 鲁迅书信集（下卷）·致山本初枝

一

棠棣花是中国传去的名词，《诗经》中即已出现。至于那是怎样的花，说法颇多。普通所谓棠棣花，即现在叫做"郁李"的；日本名字不详，总之是像李一样的东西。开花期与花形也跟李一样，花为白色，只是略小而已。果实犹如小樱桃，孩子们是吃的，但一般不认为是水果。然而也有人说棠棣花就是山吹。

二

我是散文式的人，任何中国诗人的诗，都不喜欢。只是年轻时较爱读唐朝李贺的诗。他的诗晦涩难懂。正因为难懂，才钦佩的。现在连对这位李君也不钦佩了。

三

中国诗中，病雁难得见到，病鹤倒不少。《清六家诗钞》中一定也有的。鹤是人饲养的，病了便知道；雁则为野生，病了也没人知道。

一九三五年一月十七日。

# 鲁迅书信集（下卷）·致杨霁云

一

靖节先生不但有妾，而且有奴，奴在当时，实生财之具，纵使陶公不事生产，但有人送酒，亦尚非孤寂人也。

一九三六年二月二十九日。

二

我以为一切好诗，到唐已被做完，此后倘非能翻出如来掌心之"齐天大圣"，大可不必动手，然而言行不能一致，有时也诌几句，自省殊亦可笑。玉溪生清词丽句，何敢比肩，而用典太多，则为我所不满。林公庚白之论，亦非知言；惟

《晨报》上之一切讥嘲，则正与彼辈伎俩相合耳。

一九三四年十二月二十日。

三

[1]

旧诗本非所长，不得已而作，后辄忘却，今写出能记忆者数章。

一九三四年十二月九日。

[2]

来信于我的诗，奖誉太过。其实我于旧诗素未研究，胡说八道而已。

一九三四年十二月二十日。

四

《集外集》既送审查，被删本意中事，……而古诗竟没有一首删去，却亦不可解，其实有几首是颇为"不妥"的。

一九三五年一月二十九日。

# 五

　　《集外集》止抽去十篇，诚为"天恩高厚"，但旧诗如此明白，却一首也不删，则终不免"呆鸟"之讥。阮大铖虽奸佞，还能作《燕子笺》之类，而今之叭儿及其主人，则连小才也没有。"一代不如一代"，盖不独人类为然也。

一九三五年二月四日夜。

# 鲁迅书信集（下卷）·致蔡斐君

## 一

诗须有形式，要易记，易懂，易唱，动听，但格式不要太严。要有韵，但不必依旧诗韵，只要顺口就好。

## 二

其实，口号是口号，诗是诗，如果用进去还是好诗，用亦可，倘是坏诗，即和用不用都无关。譬如文学与宣传，原不过说：凡有文学，都是宣传，因为其中总不免传布着什么，但后来却有人解为文学必须故意做成宣传文字的样子了。诗必用口号，其误正等。

一九三五年九月二十日。

# 鲁迅书信集（下卷）·致窦隐夫

要我论诗，真如要我讲天文一样，苦于不知怎么说才好，实在因为素无研究，空空如也。我只有一个私见，以为剧本虽有放在书卓上的和演在舞台上的两种，但究以后一种为好；诗歌虽有眼看的和嘴唱的两种，也究以后一种为好；可惜中国的新诗大概是前一种。没有节调，没有韵，它唱不来；唱不来，就记不住，记不住，就不能在人们的脑子里将旧诗挤出，占了它的地位。……

我以为内容且不说，新诗先要有节调，押大致相近的韵，给大家容易记，又顺口，唱得出来。但白话要押韵而又自然，是颇不容易的，我自己实在不会做，只好发议论。

一九三四年十一月一日。

# 鲁迅书信集（下卷）·致王冶秋

  史总须以时代为经，一般的文学史，则大抵以文章的形式为纬，不过外国的文学者，作品比较的专，小说家多做小说，戏剧家多做戏剧，不像中国的所谓作家，什么都做一点，所以他们做起文学史来，不至于将一个作者切开。中国的这现象，是过渡时代的现象，我想，做起文学史来，只能看这作者的作品重在那一面，便将他归入那一类，例如小说家也做诗，则以小说为主，而将他的诗不过附带的提及。

一九三五年十一月五日。

# 二心集·唐朝的钉梢

　　上海的摩登少爷要勾搭摩登小姐，首先第一步，是追随不舍，术语谓之"钉梢"。"钉"者，坚附而不可拔也；"梢"者，末也，后也，译成文言，大约可以说是"追踪"。据钉梢专家说，那第二步便是"扳谈"；即使骂，也就大有希望，因为一骂便可有言语来往，所以也就是"扳谈"的开头。我一向以为这是现在的洋场上才有的，今看《花间集》，乃知道唐朝已经有了这样的事，那里面有张泌的《浣溪沙》调十首，其九云：

　　　　晚逐香车入凤城，东风斜揭绣帘轻，慢回娇眼
笑盈盈。　　消息未通何计是，便须佯醉且随行，
依稀闻道"太狂生"。

这分明和现代的钉梢法是一致的。倘要译成白话诗，大概可以是这样：

夜赶洋车路上飞，

东风吹起印度绸衫子，显出腿儿肥，

乱丢俏眼笑迷迷。

难以扳谈有什么法子呢？

只能带着油腔滑调且钉梢，

好像听得骂道"杀千刀！"

但恐怕在古书上，更早的也还能够发见，我极希望博学者见教，因为这是对于研究"钉梢史"的人，极有用处的。

一九三一年。

# 二心集·"硬译"与"文学的阶级性"

前年以来，中国确曾有许多诗歌小说，填进口号和标语去，自以为就是无产文学。但那是因为内容和形式，都没有无产气，不用口号和标语，便无从表示其"新兴"的缘故，实际上并非无产文学。

一九三〇年作。

# 二心集·对于左翼作家联盟的意见

一

　　还有，以为诗人或文学家高于一切人，他底工作比一切工作都高贵，也是不正确的观念。举例说，从前海涅以为诗人最高贵，而上帝最公平，诗人在死后，便到上帝那里去，围着上帝坐着，上帝请他吃糖果。在现在，上帝请吃糖果的事，是当然无人相信的了，但以为诗人或文学家，现在为劳动大众革命，将来革命成功，劳动阶级一定从丰报酬，特别优待，请他坐特等车，吃特等饭，或者劳动者捧着牛油面包来献他，说："我们的诗人，请用吧！"这也是不正确的；因为实际上决不会有这种事，恐怕那时比现在还要苦，不但没有牛油面包，连黑面包都没有也说不定，俄国革命后一二年的情形便是例子。

# 二

在我们辛亥革命时也有同样的例，那时有许多文人，例如属于"南社"的人们，开初大抵是很革命的，但他们抱着一种幻想，以为只要将满洲人赶出去，便一切都恢复了"汉官威仪"，人们都穿大袖的衣服，峨冠博带，大步地在街上走。谁知赶走满清皇帝以后，民国成立，情形却全不同，所以他们便失望，以后有些人甚至成为新的运动的反动者。但是，我们如果不明白革命的实际情形，也容易和他们一样的。

一九三〇年三月二日。

# 二心集·"民族主义文学"的任务和运命

　　这剧诗的事迹，是黄色人种的西征，主将是成吉思汗的孙子拔都元帅，真正的黄色种。所征的欧洲，其实专在斡罗斯（俄罗斯）——这是作者的目标；联军的构成是汉，鞑靼，女真，契丹人——这是作者的计划；一路胜下去，可惜后来四种人不知"友谊"的要紧和"团结的力量"，自相残杀，竟为白种武士所乘了——这是作者的讽喻，也是作者的悲哀。

　　但我们且看这黄色军的威猛和恶辣罢——

　　……

　　恐怖呀，煎着尸体的沸油；

　　可怕呀，遍地的腐骸如何凶丑；

　　死神捉着白姑娘拼命地搂；

美人蟠首变成狞猛的髑髅；

野兽般的生番在故宫里蛮争恶斗；

十字军战士的脸上充满了哀愁；

千年的棺材泄出它凶秽的恶臭；

铁蹄践着断骨，骆驼的鸣声变成怪吼；

上帝已逃，魔鬼扬起了火鞭复仇；

黄祸来了！黄祸来了！

亚细亚勇士们张大吃人的血口。


这德皇威廉因为要鼓吹"德国德国，高于一切"而大叫的"黄祸"，这一张"亚细亚勇士们张大"的"吃人的血口"，我们的诗人却是对着"斡罗斯"，就是现在无产者专政的第一个国度，以消灭无产阶级的模范——这是"民族主义文学"的目标；但究竟因为是殖民地顺民的"民族主义文学"，所以我们的诗人所奉为首领的，是蒙古人拔都，不是中华人赵构，张开"吃人的血口"的是"亚细亚勇士们"，不是中国的勇士们，所希望的是拔都的统驭之下的"友谊"，不是各民族间的平等的友爱——这就是露骨的所谓"民族主义文学"的特色，但也是青年军人的作者的悲哀。

拔都死了；在亚细亚的黄人中，现在可以拟为那时的蒙古的只有一个日本。日本的勇士们虽然也痛恨苏俄，但也不爱抚中华的勇士，大唱"日支亲善"虽然也和主张"友谊"

一致，但事实又和口头不符，从中国"民族主义文学者"的立场上，在已觉得悲哀，对他加以讽喻，原是势所必至，不足诧异的。

果然，诗人的悲哀的豫感好像证实了，而且还坏得远。当"扬起火鞭"焚烧"斡罗斯"将要开头的时候，就像拔都那时的结局一样，朝鲜人乱杀中国人，日本人"张大吃人的血口"，吞了东三省了。莫非他们因为未受傅彦长先生的熏陶，不知"团结的力量"之重要，竟将中国的"勇士们"也看成菲洲的阿剌伯人了吗？！

这实在是一个大打击。军人的作者还未喊出他勇壮的声音，我们现在所看见的是"民族主义"旗下的报章上所载的小勇士们的愤激和绝望。这也是势所必至，无足诧异的。理想和现实本来易于冲突，理想时已经含了悲哀，现实起来当然就会绝望。于是小勇士们要打仗了——

战啊，下个最后的决心，

杀尽我们的敌人，

你看敌人的枪炮都响了，

快上前，把我们的肉体筑一座长城。

雷电在头上咆哮，

浪涛在脚下吼叫，

热血在心头燃烧，

我们向前线奔跑。

（苏凤：《战歌》。《民国日报》载。）

去，战场上去，

我们的热血在沸腾，

我们的肉身好像疯人，

我们去把热血锈住贼子的枪头，

我们去把肉身塞住仇人的炮口。

去，战场上去，

凭着我们一股勇气，

凭着我们一点纯爱的精灵，

去把仇人驱逐，

不，去把仇人杀尽。

（甘豫庆：《去上战场去》。《申报》载。）

同胞，醒起来罢，

踢开了弱者的心，

踢开了弱者的脑。

看，看，看，

看同胞们的血喷出来了，

看同胞们的肉割开来了，

看同胞们的尸体挂起来了。

（邵冠华：《醒起来罢同胞》。同上。）

二心集·「民族主义文学」的任务和运命

这些诗里很明显的是作者都知道没有武器，所以只好用"肉体"，用"纯爱的精灵"，用"尸体"。这正是《黄人之血》的作者的先前的悲哀，而所以要追随拔都元帅之后，主张"友谊"的缘故。武器是主子那里买来的，无产者已都是自己的敌人，倘主子又不谅其衷，要加以"惩膺"，那么，唯一的路也实在只有一个死了——

　　　　我们是初训练的一队，

　　　　有坚卓的志愿，

　　　　有沸腾的热血，

　　　　来扫除强暴的歹类。

　　　　同胞们，亲爱的同胞们，

　　　　快起来准备去战，

　　　　快起来奋斗，

　　　　战死是我们生路。

　　　　　　　　　　（沙珊:《学生军》。同上。）

　　　　天在啸，

　　　　地在震，

　　　　人在冲，兽在吼，

　　　　宇宙间的一切在咆哮，

　　　　朋友哟，

　　　　准备着我们的头颅去给敌人砍掉。

一群是发扬蹈厉,一群是慷慨悲歌,写写固然无妨,但倘若真要这样,却未免不太懂得"民族主义文学"的精义了,然而,却也尽了"民族主义文学"的任务。

《前锋月刊》上用大号字题目的《黄人之血》的作者黄震遐诗人,不是早已告诉我们过理想的元帅拔都了吗?这诗人受过傅彦长先生的熏陶,查过中外的史传,还知道"中世纪的东欧是三种思想的冲突点",岂就会偏不知道赵家末叶的中国,是蒙古人的淫掠场?拔都元帅的祖父成吉思皇帝侵入中国时,所至淫掠妇女,焚烧庐舍,到山东曲阜看见孔老二先生像,元兵也要指着骂道:"说'夷狄之有君,不如诸夏之无也'的,不就是你吗?"夹脸就给他一箭。这是宋人的笔记里垂涕而道的,正如现在常见于报章上的流泪文章一样。黄诗人所描写的"斡罗斯"那"死神捉着白姑娘拼命地搂……"那些妙文,其实就是那时出现于中国的情形。但一到他的孙子,他们不就携手"西征"了吗?现在日本兵"东征"了东三省,正是"民族主义文学家"理想中的"西征"的第一步,"亚细亚勇士们张大吃人的血口"的开场。不过先得在中国咬一口。因为那时成吉思皇帝也像对于"斡罗斯"一样,先使中国人变成奴才,然后赶他打仗,并非用了"友谊",送柬帖来敦请的。所以,这沈阳事件,不但和"民族主义文学"毫无冲突，而且还实现了他们的理想境，倘若不明这精义，要去硬送头颅，使"亚细亚勇士"减少，那实在是很可惜的。

那么，"民族主义文学"无须有那些呜呼阿呀死死活活的调子吗？谨对曰：要有的，他们也一定有的。否则不抵抗主义，城下之盟，断送土地这些勾当，在沉静中就显得更加露骨。必须痛哭怒号，摩拳擦掌，令人被这扰攘嘈杂所惑乱，闻悲歌而泪垂，听壮歌而愤泄，于是那"东征"即"西征"的第一步，也就悄悄的隐隐的跨过去了。落葬的行列里有悲哀的哭声，有壮大的军乐，那任务是在送死人埋入土中，用热闹来掩过了这"死"，给大家接着就得到"忘却"。现在"民族主义文学"的发扬踔厉，或慷慨悲歌的文章，便是正在尽着同一的任务的。

但这之后，"民族主义文学者"也就更加接近了他的哀愁。因为有一个问题，更加临近，就是将来主子是否不至于再蹈跋都元帅的覆辙，肯信用而且优待忠勇的奴才，不，勇士们呢？这实在是一个很要紧，很可怕的问题，是主子和奴才能否"同存共荣"的大关键。

历史告诉我们：不能的。这，正如连"民族主义文学者"也已经知道一样，不会有这一回事。他们将只尽些送丧的任务，永含着恋主的哀愁，须到无产阶级革命的风涛怒吼起来，刷洗山河的时候，这才能脱出这沉滞猥劣和腐烂的运命。

一九三一年十月二十三日。

# 二心集·非革命的急进革命论者

　　法国的波特莱尔，谁都知道是颓废的诗人，然而他欢迎
革命，待到革命要妨害他的颓废生活的时候，他才憎恶革命
了。所以革命前夜的纸张上的革命家，而且是极彻底，极激
烈的革命家，临革命时，便能够撕掉他先前的假面，——不
自觉的假面。……

一九三○年。

# 而已集·革命时代的文学

## 一

有人说："文学是穷苦的时候做的。"其实未必，穷苦的时候必定没有文学作品的；我在北京时，一穷，就到处借钱，不写一个字，到薪俸发放时，才坐下来做文章。忙的时候也必定没有文学作品，……大革命时代忙得很，同时又穷得很，……没有时间也没有心思做文章；所以大革命时代的文学便只好暂归沉寂了。

## 二

到了大革命的时代，文学没有了，没有声音了，因为大家受革命潮流的鼓荡，大家由呼喊而转入行动，大家忙着革命，没有闲空谈文学了。还有一层，是那时民生凋敝，一心寻面包吃尚且来不及，那里有心思谈文学呢？守旧的人因为受革命潮流的打击，气得发昏，也不能再唱所谓他们底文学了。

三

现在中国自然没有平民文学，世界上也还没有平民文学，所有的文学，歌呀，诗呀，大抵是给上等人看的；他们吃饱了，睡在躺椅上，捧着看。……前几年《新青年》载过几篇小说，描写罪人在寒地里的生活，大学教授看了就不高兴，因为他们不喜欢看这样的下流人。如果诗歌描写车夫，就是下流诗歌；一出戏里，有犯罪的事情，就是下流戏。……在现在，有人以平民——工人农民——为材料，做小说做诗，我们也称之为平民文学，其实这不是平民文学，因为平民还没有开口。这是另外的人从旁看见平民的生活，假托平民底口吻而说的。眼前的文人有些虽然穷，但总比工人农民富足些，这才能有钱去读书，才能有文章；一看好像是平民所说的，其实不是；这不是真的平民小说。平民所唱的山歌野曲，现在也有人写下来，以为是平民之音了，因为是老百姓所唱。但他们间接受古书的影响很大，他们对于乡下的绅士有田三千亩，佩服得不得了，每每拿绅士的思想，做自己的思想，绅士们惯吟五言诗，七言诗；因此他们所唱的山歌野曲，大半也是五言或七言。这是就格律而言，还有构思取意，也是很陈腐的，不能称是真正的平民文学。现在中国底小说和诗实在比不上别国，无可奈何，只好称之曰文学；谈不到革命时代的文学，更谈不到平民文学。现在的文学家都是读书人，如果工人农民不解放，工人农民的思想，仍然是读书人的思想，必待工人农民得到真正的解放，然后才有真正的平民文学。有些人说："中国已有平民文学。"其实这是不对的。

# 四

大革命之前，所有的文学，大抵是对于种种社会状态，觉得不平，觉得痛苦，就叫苦，鸣不平，在世界文学中关于这类的文学颇不少。但这些叫苦鸣不平的文学对于革命没有什么影响，因为叫苦鸣不平，并无力量，压迫你们的人仍然不理，……所以仅仅有叫苦鸣不平的文学时，这个民族还没有希望，因为止于叫苦和鸣不平。……所以叫苦鸣不平的文学等于喊冤，压迫者对此倒觉得放心。有些民族因为叫苦无用，连苦也不叫了，他们便成为沉默的民族，渐渐更加衰颓下去，……至于富有反抗性，蕴有力量的民族，因为叫苦没用，他便觉悟起来，由哀音而变为怒吼。怒吼的文学一出现，反抗就快到了；他们已经很愤怒，所以与革命爆发时代接近的文学每每带有愤怒之音；他要反抗，他要复仇。苏俄革命将起时，即有些这类的文学。

五

诸君是实际的战争者，是革命的战士，我以为现在还是不要佩服文学的好。学文学对于战争，没有益处，最好不过作一篇战歌，……中国现在的社会情状，止有实地的革命战争，一首诗吓不走孙传芳，一炮就把孙传芳轰走了。……

六

等到大革命成功后，社会底状态缓和了，大家底生活有余裕了，这时候就又产生文学。这时候底文学有二：一种文学是赞扬革命，称颂革命，——讴歌革命，因为进步的文学家想到社会改变，社会向前走，对于旧社会的破坏和新社会的建设，都觉得有意义，一方面对于旧制度的崩坏很高兴，一方面对于新的建设来讴歌。另一种文学是吊旧社会的灭亡——挽歌——也是革命后会有的文学。有些的人以为这是"反革命的文学"，我想，倒也无须加以这么大的罪名。革命虽然进行，但社会上旧人物还很多，决不能一时变成新人物，他们的脑中满藏着旧思想旧东西；环境渐变，影响到他们自身的一切，于是回想旧时的舒服，便对于旧社会眷念不已，恋恋不舍，因而讲出很古的话，陈旧的话，形成这样的文学。这种文学都是悲哀的调子，表示他们心里不舒服，一方面看见新的建设胜利了，一方面看见旧的制度灭亡了，所以唱起挽歌来。但是，怀旧，唱挽歌，就表示已经革命了，如果没有革命，旧人物正得势，是不会唱挽歌的。

一九二七年四月八日。

# 而已集·革命文学

　　唐朝人早就知道，穷措大想做富贵诗，多用些"金""玉""锦""绮"字面，自以为豪华，而不知适见其寒蠢。真会写富贵景象的，有道："笙歌归院落，灯火下楼台。"全不用那些字。"打，打""杀，杀"，听去诚然是英勇的，但不过是一面鼓。即使是鼙鼓，倘若前面无敌军，后面无我军，终于不过是一面鼓而已。

　　我以为根本问题是在作者可是一个"革命人"，倘是的，则无论写的是什么事件，用的是什么材料，即都是"革命文学"。从喷泉里出来的都是水，从血管里出来的都是血。"赋得革命，五言八韵"，是只能骗骗盲试官的。

一九二七年。

# 而已集·魏晋风度及文章与药及酒之关系

—

研究那时的文学，现在较为容易了，因为已经有人做过工作，在文集一方面有清严可均辑的《全上古三代秦汉三国晋南北朝文》。……

在诗一方面有丁福保辑的《全汉三国晋南北朝诗》。……

辑录关于这时代的文学评论有刘师培编的《中国中古文学史》。……

上面三种书对于我们的研究有很大的帮助，能使我们看出这时代的文学的确有点异彩。

## 二

曹操做诗，竟说是"郑康成行酒伏地气绝"，他引出离当时不久的事实，这也是别人所不敢用的。

一九二七年七月二十三日。

## 三

汉文慢慢壮大起来，是时代使然，非专靠曹氏父子之功的。但华丽好看，却是曹丕提倡的功劳。

一九二七年七月二十三日、二十六日。

## 四

孝文帝曹丕，以长子而承父业，篡汉而即帝位。他也是喜欢文章的。其弟曹植，还有明帝曹叡，都是喜欢文章的。不过到那个时候，于通脱之外，更加上华丽。丕著有《典论》，现已失散无全本。那里面说："诗赋欲丽。""文以气为主。"《典论》的零零碎碎，在唐宋类书中；一篇整的《论文》，在《文选》中可以看见。

后来一般人很不以他的见解为然。他说诗赋不必寓教训，反对当时那些寓训勉于诗赋的见解，用近代的文学眼光看来，曹丕的一个时代可说是"文学的自觉时代"，或如近代所说为艺术而艺术（Art for Art's Sake）的一派。所以曹丕做的诗赋很好，更因他以"气"为主，故于华丽以外，加上壮大。归纳起来，汉末、魏初的文章，可说是："清峻，通脱，华丽，壮大。"在文学的意见上，曹丕和曹植表面上似乎是不同的。曹丕说文章事可以留名声于千载；但子建却说文章小道，不足论的。据我的意见，子建大概是违心之论。这里有两个原因，第一，子建的文章做得好，一个人大概总是不满意自己所做而羡慕他人所为的，他的文章已经做得好，于是他便敢说文章是小道；第二，子建活动的目标在于政治方面，政治方面不甚得志，遂说文章是无用了。

一九二七年七月。

## 五

　　曹操、曹丕以外，还有下面的七个人：孔融，陈琳，王粲，徐干，阮瑀，应场，刘桢，都很能做文章，后来称为"建安七子"。七人的文章很少流传，现在我们很难判断；但，大概都不外是"慷慨""华丽"罢。"华丽"即曹丕所主张，慷慨就因当天下大乱之际，亲戚朋友死于乱者特多，于是为文就不免带着悲凉、激昂和"慷慨"了。

一九二七年七月二十三日、二十六日。

# 六

七子之中，特别的是孔融。他专喜和曹操捣乱。曹丕《典论》里有论孔融的，因此他也被拉进"建安七子"一块儿去。其实不对，很两样的。不过在当时，他的名声可非常之大。孔融作文，喜用讥嘲的笔调，曹丕很不满意他。孔融的文章现在传的也很少，就他所有的看起来，我们可以瞧出他并不大对别人讥讽，只对曹操。比方操破袁氏兄弟，曹丕把袁熙的妻甄氏拿来，归了自己，孔融就写信给曹操，说当初武王伐纣，将妲己给了周公了。操问他的出典，他说，以今例古，大概那时也是这样的。又比方曹操要禁酒，说酒可以亡国，非禁不可，孔融又反对他，说也有以女人亡国的，何以不禁婚姻？

其实曹操也是喝酒的。我们看他的"何以解忧？惟有杜康"的诗句，就可以知道。为什么他的行为会和议论矛盾呢？此无他，因曹操是个办事人，所以不得不这样做；孔融是旁观的人，所以容易说些自由话。曹操见他屡屡反对自己，后来借故把他杀了。

一九二七年七月二十三日、二十六日。

# 七

刘勰说：“嵇康师心以遣论，阮籍使气以命诗。”这“师心”和“使气”，便是魏末晋初的文章的特色。正始名士和竹林名士的精神灭后，敢于师心使气的作家也没有了。

一九二七年七月二十三日、二十六日。

# 八

阮籍作文章和诗都很好，他的诗文虽然也慷慨激昂，但许多意思都是隐而不显的。宋的颜延之已经说不大能懂，我们现在自然更很难看得懂他的诗了。他诗里也说神仙，但他其实是不相信的。

一九二七年七月二十三日、二十六日。

# 九

到东晋，风气变了。社会思想平静得多，各处都夹入了佛教的思想。再至晋末，乱也看惯了，篡也看惯了，文章便更和平。代表平和的文章的人有陶潜。他的态度是随便饮酒，乞食，高兴的时候就谈论和作文章，无尤无怨。所以现在有人称他为"田园诗人",是个非常和平的田园诗人。他的态度是不容易学的,他非常之穷,而心里很平静。家常无米,就去向人家门口求乞。他穷到有客来见,连鞋也没有,那客人给他从家丁取鞋给他,他便伸了足穿上了。虽然如此,他却毫不为意,还是"采菊东篱下,悠然见南山"。这样的自然状态,实在不易模仿。他穷到衣服也破烂不堪,而还在东篱下采菊,偶然抬起头来,悠然的见了南山,这是何等自然。现在有钱的人住在租界里,雇花匠种数十瓶菊花,便做诗,叫作"秋日赏菊效陶彭泽体",自以为合于渊明的高致,我觉得不大像。

陶潜之在晋末,是和孔融于汉末与嵇康于魏末略同,又是将近易代的时候。但他没有什么慷慨激昂的表示,于是便博得"田园诗人"的名称。但《陶集》里有《述酒》一篇,是说当时政治的。这样看来,可见他于世事也并没有遗忘和冷淡,不过他的态度比嵇康阮籍自然得多,不至于招人注意罢了。还有一个原因,先已说过,是习惯。因为当时饮酒的风气相沿下来,人见了也不觉得奇怪,而且汉魏晋相沿,时代不远,变迁极多,既经见惯,就没有大感触,陶潜之比孔融嵇康和平,是当然的。……

一九二七年七月二十三日、二十六日。

"五石散"是一种毒药，是何晏吃开头的。……

……这种药是很好的，人吃了能转弱为强。因此之故，……大家也跟着吃。那时五石散的流毒就同清末的鸦片的流毒差不多，看吃药与否以分阔气与否的。……先吃下去的时候，倒不怎样的，后来药的效验既显，名曰"散发"。倘若没有"散发"，就有弊而无利，因此吃了之后不能休息，非走路不可，因走路才能"散发"，所以走路名曰"行散"。比方我们看六朝人的诗，有云"至城东行散"，就是此意。后来做诗的人不知其故，以为"行散"即步行之意，所以不服药也以"行散"二字入诗，这是很笑话的。

一九二七年七月。

据我的意思：即使是从前的人，那诗文完全超于政治的所谓"田园诗人""山林诗人"，是没有的。完全超出于人间世的，也是没有的。既然是超出于世，则当然连诗文也没有。诗文也是人事，既有诗，就可以知道于世事未能忘情。……

由此可知陶潜总不能超于尘世，而且，于朝政还是留心，也不能忘掉"死"，这是他诗文中时时提起的。用别一种看法研究起来，恐怕也会成一个和旧说不同的人物罢。

一九二七年七月二十三日、二十六日。

# 且介亭杂文·门外文谈

一

　　我想，人类是在未有文字之前，就有了创作的，可惜没有人记下，也没有法子记下。我们的祖先的原始人，原是连话也不会说的，为了共同劳作，必需发表意见，才渐渐的练出复杂的声音来，假如那时大家抬木头，都觉得吃力了，却想不到发表，其中有一个叫道"杭育杭育"，那么，这就是创作；大家也要佩服，应用的，这就等于出版；倘若用什么记号留存了下来，这就是文学；他当然就是作家，也是文学家，是"杭育杭育派"。不要笑，这作品确也幼稚得很，但古人不及今人的地方是很多的，这正是其一。就是周朝的什么"关关雎鸠，在河之洲，窈窕淑女，君子好逑"罢，它是《诗经》

里的头一篇，所以吓得我们只好磕头佩服。假如先前未曾有过这样的一篇诗，现在的新诗人用这意思做一首白话诗，到无论什么副刊上去投稿试试罢，我看十分之九是要被编辑者塞进字纸篓去的。"漂亮的好小姐呀，是少爷的好一对儿！"什么话呢？

二

但是，用书契来代结绳的人，又是什么脚色呢？文学家？不错。从现在的所谓文学家的最要卖弄文字，夺掉笔杆便一无所能的事实看起来，的确首先就要想到他；他也的确应该给自己的吃饭家伙出点力。然而并不是的。有史以前的人们，虽然劳动也唱歌，求爱也唱歌，他却并不起草，或者留稿子，因为他做梦也想不到卖诗稿，编全集，而且那时的社会里，也没有报馆和书铺子，文字毫无用处。据有些学者告诉我们的话来看，这在文字上用了一番工夫的，想来该是史官了。

原始社会里，大约先前只有巫，待到渐次进化，事情繁复了，有些事情，如祭祀，狩猎，战争……之类，渐有记住的必要，巫就只好在他那本职的"降神"之外，一面也想法子来记事，这就是"史"的开头。况且"升中于天"，他在本职上，也得将记载酋长和他的治下的大事的册子，烧给上帝看，因此一样的要做文章——虽然这大约是后起的事。再后来，职掌分得更清楚了，于是就有专门记事的史官。文字就是史官必要的工具，古人说："仓颉，黄帝史。"第一句未可信，但指出了史和文字的关系，却是很有意思的。至于后来的"文学家"用它来写"阿呀呀，我的爱哟，我要死了！"那些佳句，那不过是享享现成的罢了，"何足道哉"！

## 三

就是《诗经》的《国风》里的东西，好许多也是不识字的无名氏作品，因为比较的优秀，大家口口相传的。王官们检出它可作行政上参考的记录了下来，此外消灭的正不知有多少。

## 四

我们中国的文字，对于大众，除了身分、经济这些限制之外，却还要加上一条高门槛：难。……唐朝呢，樊宗师的文章做到别人点不断，李贺的诗做到别人看不懂，也都为了这缘故。

## 五

那么，古书里采录的童谣、谚语、民歌，该是那时的老牌俗语罢。我看也很难说。中国的文学家，是颇有爱改别人文章的脾气的。最明显的例子是汉民间的《淮南王歌》，同一地方的同一首歌，《汉书》和《前汉纪》记的就两样。

一面是——

一尺布，尚可缝；

一斗粟，尚可舂。

兄弟二人，不能相容。

一面却是——

一尺布，暖童童；

一斗粟，饱蓬蓬。

兄弟二人不相容。

比较起来，好像后者是本来面目，但已经删掉了一些也说不定的：只是一个提要。

# 六

大众并无旧文学的修养，比起士大夫文学的细致来，或者会显得所谓"低落"的，但也未染旧文学的痼疾，所以它又刚健，清新。无名氏文学如《子夜歌》之流，会给旧文学一种新力量，我先前已经说过了；现在也有人绍介了许多民歌和故事。还有戏剧，例如《朝花夕拾》所引《目莲救母》里的无常鬼的自传，说是因为同情一个鬼魂，暂放还阳半日，不料被阎罗责罚，从此不再宽纵了——

　　　　那怕你铜墙铁壁！
　　　　那怕你皇亲国戚！……

　　何等有人情，又何等知过，何等守法，又何等果决，我们的文学家做得出么？

七

　　东晋到齐陈的《子夜歌》和《读曲歌》之类，唐朝的《竹枝词》和《柳枝词》之类，原都是无名氏的创作，经文人的采录和润色之后，留传下来的。这一润色，留传固然留传了，但可惜的是一定失去了许多本来面目。到现在，到处还有民谣、山歌、渔歌等，这就是不识字的诗人的作品；也传述着童话和故事，这就是不识字的小说家的作品；他们，就都是不识字的作家。

　　但是，因为没有记录作品的东西，又很容易消灭，流布的范围也不能很广大，知道的人们也就很少了。偶有一点为文人所见，往往倒吃惊，吸入自己的作品中，作为新的养料。旧文学衰颓时，因为摄取民间文学或外国文学而起一个新的转变，这例子是常见于文学史上的。不识字的作家虽然不及文人的细腻，但他却刚健，清新。

# 八

希腊人荷马——我们姑且当作有这样一个人——的两大史诗，也原是口吟，现存的是别人的记录。

一九三四年八月。

# 且介亭杂文·病后杂谈

## 一

一寻，寻到了久不见面的《世说新语》之类一大堆，躺着来看，轻飘飘的毫不费力了，魏晋人的豪放潇洒的风姿，也仿佛在眼前浮动。由此想到阮嗣宗的听到步兵厨善于酿酒，就求为步兵校尉；陶渊明的做了彭泽令，就教官田都种秫，以便做酒，因了太太的抗议，这才种了一点粳。这真是天趣盎然，决非现在的"站在云端里呐喊"者们所能望其项背。但是，"雅"要想到适可而止，再想便不行。例如阮嗣宗可以求做步兵校尉，陶渊明补了彭泽令，他们的地位，就不是一个平常人，要"雅"，也还是要地位。"采菊东篱下，悠然见南山"是渊明的好句，但我们在上海学起来可就难了。

# 二

　　临死做诗的，古今来也不知道有多少。直到近代，谭嗣同在临刑之前就做一绝"闭门投辖思张俭"，秋瑾女士也有一句"秋风秋雨愁杀人"，然而还雅得不够格，所以各种诗选里都不载，也不能卖钱。

　　　　　　　　　　　　　　　一九三四年十二月十一日。

# 且介亭杂文·论俗人应避雅人

一

优良的人物，有时候是要靠别人来比较，衬托的，例如上等与下等，好与坏，雅与俗，小器与大度之类。没有别人，即无以显出这一面之优，所谓"相反而实相成"者，就是这。但又须别人凑趣，至少是知趣，即使不能帮闲，也至少不可说破，逼得好人们再也好不下去。例如曹孟德是"尚通脱"的，但祢正平天天上门来骂他，他也只好生起气来，送给黄祖去"借刀杀人"了。祢正平真是"咎由自取"。

# 二

　　所谓"雅人",原不是一天雅到晚的,即使睡的是珠罗帐,吃的是香稻米,但那根本的睡觉和吃饭,和俗人究竟也没有什么大不同;就是肚子里盘算些挣钱固位之法,自然也不能绝无其事。但他的出众之处,是在有时又忽然能够"雅"。倘使揭穿了这谜底,便是所谓"杀风景",也就是俗人,而且带累了雅人,使他雅不下去,"未能免俗"了。若无此辈,何至于此呢?所以错处总归在俗人这方面。

　　譬如罢,有两位知县在这里,他们自然都是整天的办公事,审案子的,但如果其中之一,能够偶然的去看梅花,那就算是一位雅官,应该加以恭维,天地之间这才会有雅人,会有韵事。如果你不恭维,还可以;一皱眉,就俗;敢开玩笑,那就把好事情都搅坏了。然而世间也偏有狂夫俗子;记得在一部中国的什么古"幽默"书里,有一首"轻薄子"咏知县老爷公余探梅的七绝——

　　　　红帽哼兮黑帽呵,风流太守看梅花。
　　　　梅花低首开言道:小底梅花接老爷。

　　这真是恶作剧,将韵事闹得一塌胡涂。而且他替梅花所说的话，也不合式，它这时应该一声不响的，一说，就"伤雅"，会累得"老爷"不便再雅，只好立刻还俗，赏吃板子，至少是给一种什么罪案的。为什么呢？就因为你俗，再不能以雅道相处了。

……

大家都知道"贤者避世"，我以为现在的俗人却要避雅，这也是一种"明哲保身"。

一九三四年十二月二十六日。

# 且介亭杂文·论“旧形式的采用”

## 一

至于谓连环图画不过图画的种类之一，与文学中之有诗歌、戏曲、小说相同，那自然是不错的。但这种类之别，也仍然与社会条件相关联，则我们只要看有时盛行诗歌，有时大出小说，有时独多短篇的史实便可以知道。因此，也可以知道即与内容相关联。

## 二

只是上文所举的，亦即我们现在所能看见的，都是消费的艺术。它一向独得有力者的宠爱，所以还有许多存留。但既有消费者，必有生产者。所以一面有消费者的艺术，一面也有生产者的艺术。古代的东西，因为无人保护，除小说的插画以外，我们几乎什么也看不见了。至于现在，却还有市上新年的花纸，和猛克先生所指出的连环图画。这些虽未必是真正的生产者的艺术，但和高等有闲者的艺术对立，是无疑的。但虽然如此，它还是大受着消费者艺术的影响，例如在文学上，则民歌大抵脱不开七言的范围，在图画上，则题材多是士大夫的部事，然而已经加以提炼，成为明快、简捷的东西了。这也就是蜕变，一向则谓之"俗"。注意于大众的艺术家，来注意于这些东西，大约也未必错。至于仍要加以提炼，那也是无须赘说的。

一九三四年五月二日。

# 且介亭杂文二集 · 隐士

## 一

陶渊明先生是我们中国赫赫有名的大隐，一名"田园诗人"，自然，他并不办期刊，也赶不上吃"庚款"，然而他有奴子。汉晋时候的奴子，是不但侍候主人，并且给主人种地、营商的，正是生财器具。所以虽是渊明先生，也还略略有些生财之道在，要不然，他老人家不但没有酒喝，而且没有饭吃，早已在东篱旁边饿死了。

## 二

隐士，历来算是一个美名，但有时也当作一个笑柄。最显著的，则有刺陈眉公的"翩然一只云中鹤，飞去飞来宰相衙"的诗，至今也还有人提及。……

非隐士的心目中的隐士，是声闻不彰，息影山林的人物。但这种人物，世间是不会知道的。一到挂上隐士的招牌，则即使他并不"飞去飞来"，也一定难免有些表白，张扬；……凡是有名的隐士，他总是已经有了"优哉游哉，聊以卒岁"的幸福的。倘不然，朝砍柴，昼耕田，晚浇菜，夜织屦，又那有吸烟品茗，吟诗作文的闲暇？……

登仕，是啖饭之道，归隐，也是啖饭之道。假使无法啖饭，那就连"隐"也隐不成了。"飞去飞来"，正是因为要"隐"，也就是因为要啖饭；肩出"隐士"的招牌来，挂在"城市山林"里，这就正是所谓"隐"，也就是啖饭之道。……汉唐以来，实际上是入仕并不算鄙，隐居也不算高，而且也不算穷，必须欲"隐"而不得，这才看作士人的末路。唐末有一位诗人左偃，自述他悲惨的境遇道："谋隐谋官两无成。"是用七个字道破了所谓"隐"的秘密的。

一九三五年一月二十五日。

# 且介亭杂文二集·杂谈小品文

　　《史记》里的《伯夷列传》和《屈原贾谊列传》除去了引用的骚赋，其实也不过是小品，只因为他是"太史公"之作，又常见，所以没有人来选出，翻印。由晋至唐，也很有几个作家；宋文我不知道，但"江湖派"诗，却确是我所谓的小品。

一九三五年十二月二日。

# 且介亭杂文二集·从帮忙到扯淡

一

　　《诗经》是后来的一部经，但春秋时代，其中的有几篇就用之于侑酒；屈原是《楚辞》的开山老祖，而他的《离骚》，却只是不得帮忙的不平。到得宋玉，就现有的作品看起来，他已经毫无不平，是一位纯粹的清客了。然而《诗经》是经，也是伟大的文学作品；屈原宋玉，在文学史上还是重要的作家。为什么呢？——就因为他究竟有文采。

一九三五年六月六日。

# 二

中国的开国的雄主，是把"帮忙"和"帮闲"分开来的，前者参与国家大事，作为重臣，后者却不过听他献诗作赋，"俳优蓄之"，只在弄臣之列。不满于后者的待遇的是司马相如，他常常称病，不到武帝面前去献殷勤，却暗暗的作了关于封禅的文章，藏在家里，以见他也有计画大典——帮忙的本领，可惜等到大家知道的时候，他已经"寿终正寝"了。然而虽然并未实际上参与封禅的大典，司马相如在文学史上也还是很重要的作家。为什么呢？就因为他究竟有文采。

一九三五年六月六日。

# 且介亭杂文二集·漫谈"漫画"

　　所以漫画虽然有夸张，却还是要诚实。"燕山雪花大如席"，是夸张，但燕山究竟有雪花，就含着一点诚实在里面，使我们立刻知道燕山原来有这么冷。如果说"广州雪花大如席"，那可就变成笑话了。

　　　　　　　　　　　　一九三五年二月二十八日。

# 且介亭杂文二集 · "题未定"草（三）

　　"绍介波兰诗人"，还在三十年前，始于我的《摩罗诗力说》。那时满清宰华，汉民受制，中国境遇，颇类波兰，读其诗歌，即易于心心相印，不但无事大之意，也不存献媚之心。

一九三五年六月十日。

# 且介亭杂文二集·"题未定"草（六）

一

　　自然，如果随便玩玩，那是什么选本都可以的，《文选》好，《古文观止》也可以。不过倘要研究文学或某一作家，所谓"知人论世"，那么，足以应用的选本就很难得。选本所显示的，往往并非作者的特色，倒是选者的眼光。眼光愈锐利，见识愈深广，选本固然愈准确，但可惜的是大抵眼光如豆，抹杀了作者真相的居多，这才是一个"文人浩劫"。例如蔡邕，选家大抵只取他的碑文，使读者仅觉得他是典重文章的作手，必须看见《蔡中郎集》里的《述行赋》（也见于《续古文苑》），那些"穷工巧于台榭兮，民露处而寝湿，委嘉谷于禽兽兮，下糠秕而无粒"（手头无书，也许记错，容后订正）

的句子，才明白他并非单单的老学究，也是一个有血性的人，明白那时的情形，明白他确有取死之道。又如被选家录取了《归去来辞》和《桃花源记》，被论客赞赏着"采菊东篱下，悠然见南山"的陶潜先生，在后人的心目中，实在飘逸得太久了，但在全集里，他却有时很摩登，"愿在丝而为履，附素足以周旋，悲行止之有节，空委弃于床前"，竟想摇身一变，化为"阿呀呀，我的爱人呀"的鞋子，虽然后来自说因为"止于礼义"，未能进攻到底，但那些胡思乱想的自白，究竟是大胆的。就是诗，除论客所佩服的"悠然见南山"之外，也还有"精卫衔微木，将以填沧海。刑天舞干戚，猛志固常在"之类的"金刚怒目"式，在证明着他并非整天整夜的飘飘然。这"猛志固常在"和"悠然见南山"的是一个人，倘有取舍，即非全人，再加抑扬，更离真实。……我每见近人的称引陶渊明，往往不禁为古人惋惜。

## 二

我买的"珍本"之中，有一本是张岱的《琅嬛文集》，"特印本实价四角"；据"乙亥十月，卢前冀野父"跋，是"化峭僻之涂为康庄"的，但照标点看下去，却并不十分"康庄"。标点，对于五言或七言诗最容易，不必文学家，只要数学家就行，乐府就不大"康庄"了，所以卷三的《景清刺》里，有了难懂的句子：

  ……佩铅刀。藏膝髁。太史奏。机谋破。不称
王向前。坐对御衣含血唾。……

  琅琅可诵，韵也押的，不过"不称王向前"这一句总
有些费解。看看原序，有云："清知事不成。跃而诟上。大
怒曰。毋谓我王。即王敢尔耶。清曰。今日之号。尚称王
哉。命抉其齿。立且诟。则含血前。湴御衣。上益怒。剥其
肤。……"（标点悉遵原本）那么，诗该是"不称王，向前坐"
了，"不称王"者，"尚称王哉"也；"向前坐"者，"则含血
前"也。而序文的"跃而诟上。大怒曰"，恐怕也该是"跃
而诟。上大怒曰"才合式。据作文之初阶，观下文之"上益
怒"，可知也矣。

一九三五年十二月十八—十九夜。

# 且介亭杂文二集·"题未定"草（七）

一

抚慰劳人的圣药，在诗，用朱先生的话来说，是
"静穆"：

> 艺术的最高境界都不在热烈。就诗人之所以为
> 人而论，他所感到的欢喜和愁苦也许比常人所感到
> 的更加热烈。就诗人之所以为诗人而论，热烈的欢
> 喜或热烈的愁苦经过诗表现出来以后，都好比黄酒
> 经过长久年代的储藏，失去它的辣性，只剩一味醇
> 朴。我在别的文章里曾经说过这一段话："懂得这个
> 道理，我们可以明白古希腊人何以把和平静穆看作

诗的极境，把诗神亚波罗摆在蔚蓝的山巅，俯瞰众生扰攘，而眉宇间却常如作甜蜜梦，不露一丝被扰动的神色？"这里所谓"静穆"（Serenity）自然只是一种最高理想，不是在一般诗里所能找得到的。古希腊——尤其是古希腊的造形艺术——常使我们觉到这种"静穆"的风味。"静穆"是一种豁然大悟，得到归依的心情。它好比低眉默想的观音大士，超一切忧喜，同时你也可说它泯化一切忧喜。这种境界在中国诗里不多见。屈原、阮籍、李白、杜甫都不免有些像金刚怒目，愤愤不平的样子。陶潜浑身是"静穆"，所以他伟大。

古希腊人，也许把和平静穆看作诗的极境的罢，这一点我毫无知识。但以现存的希腊诗歌而论，荷马的史诗，是雄大而活泼的，沙孚的恋歌，是明白而热烈的，都不静穆。我想，立"静穆"为诗的极境，而此境不见于诗，也许和立蛋形为人体的最高形式，而此形终不见于人一样。至于亚波罗之在山巅，那可因为他是"神"的缘故，无论古今，凡神像，总是放在较高之处的。这像，我曾见过照相，睁着眼睛，神清气爽，并不像"常如作甜蜜梦"。不过看见实物，是否"使我们觉到这种'静穆'的风味"，在我可就很难断定了，但是，倘使真的觉得，我以为也许有些因为他"古"的缘故。

我也是常常徘徊于雅俗之间的人，此刻的话，很近于大煞风景，但有时却自以为颇"雅"的：间或喜欢看看古董。记得十多年前，在北京认识了一个土财主，不知怎么一来，他也忽然"雅"起来了，买了一个鼎，据说是周鼎，真是土花斑驳，古色古香。而不料过不几天，他竟叫铜匠把它的土花和铜绿擦得一干二净，这才摆在客厅里，闪闪的发着铜光。这样的擦得精光的古铜器，我一生中还没有见过第二个。一切"雅士"，听到的无不大笑，我在当时，也不禁由吃惊而失笑了，但接着就变成肃然，好像得了一种启示。这启示并非"哲学的意蕴"，是觉得这才见了近乎真相的周鼎。鼎在周朝，恰如碗之在现代，我们的碗，无整年不洗之理，所以鼎在当时，一定是干干净净，金光灿烂的，换了术语来说，就是它并不"静穆"，倒有些"热烈"。这一种俗气至今未脱，变化了我衡量古美术的眼光，例如希腊雕刻罢，我总以为它现在之见得"只剩一味醇朴"者，原因之一，是在曾埋土中，或久经风雨，失去了锋棱和光泽的缘故，雕造的当时，一定是崭新，雪白，而且发闪的，所以我们现在所见的希腊之美，其实并不准是当时希腊人之所谓美，我们应该悬想它是一件新东西。

凡论文艺，虚悬了一个"极境"，是要陷入"绝境"的，在艺术，会迷惘于土花，在文学，则被拘迫而"摘句"。但"摘句"又大足以困人，所以朱先生就只能取钱起的两句，而踢开他的全篇，又用这两句来概括作者的全人，又用这两句来打杀了屈原、阮籍、李白、杜甫等辈，以为"都不免有些像金刚怒目，愤愤不平的样子"。其实是他们四位，都因为垫高朱先生的美学说，做了冤屈的牺牲的。

我们现在先来看一看钱起的全篇罢：

### 省试湘灵鼓瑟

善鼓云和瑟，常闻帝子灵。

冯夷空自舞，楚客不堪听。

苦调凄金石，清音入杳冥。

苍梧来怨慕，白芷动芳馨。

流水传湘浦，悲风过洞庭。

曲终人不见，江上数峰青。

要证成"醇朴"或"静穆"，这全篇实在是不宜称引的，因为中间的四联，颇近于所谓"衰飒"。但没有上文，末两句便显得含胡，不过这含胡，却也许又是称引者之所谓超妙。现在一看题目，便明白"曲终"者结"鼓瑟"，"人不见"者点"灵"字，"江上数峰青"者做"湘"字，全篇虽不失为唐人的好试帖，但末两句也并不怎么神奇了。况且题上明说是"省试"，当然不会有"愤愤不平的样子"，假使屈原不和椒兰吵架，却上京求取功名，我想，他大约也不至于在考卷上大发牢骚的，他首先要防落第。

我们于是应该再看看这《湘灵鼓瑟》的作者的另外的诗了。但我手头也没有他的诗集，只有一部《大历诗略》，也是迂夫子的选本，不过篇数却不少，其中有一首是：

下第题长安客舍
不遂青云望，愁看黄鸟飞。
梨花寒食夜，客子未春衣。
世事随时变，交情与我违。
空余主人柳，相见却依依。

一落第，在客栈的墙壁上题起诗来，他就不免有些愤愤了，可见那一首《湘灵鼓瑟》，实在是因为题目，又因为省试，所以只好如此圆转活脱。他和屈原、阮籍、李白、杜甫四位，有时却不免是怒目金刚，但就全体而论，他长不到丈六。

……不过我总以为倘要论文，最好是顾及全篇，并且顾及作者的全人，以及他所处的社会状态，这才较为确凿。……这和我劝那些认真的读者不要专凭选本和标点本为法宝来研究文学的意思，大致并无不同。自己放出眼光看过较多的作品，就知道历来的伟大的作者，是没有一个"浑身是'静穆'"的。陶潜正因为并非"浑身是'静穆'，所以他伟大"。现在之所以往往被尊为"静穆"，是因为他被选文家和摘句家所缩小，凌迟了。

二

还有一样最能引读者入于迷途的，是"摘句"。它往往是衣裳上撕下来的一块绣花，经摘取者一吹嘘或附会，说是怎样超然物外，与尘浊无干，读者没有见过全体，便也被他弄得迷离惝恍。最显著的便是上文说过的"悠然见南山"的例子，忘记了陶潜的《述酒》和《读山海经》等诗，捏成他单是一个飘飘然，就是这摘句作怪。新近在《中学生》的十二月号上，看见了朱光潜先生的《说"曲终人不见，江上数峰青"》的文章，推这两句为诗美的极致，我觉得也未免有以割裂为美的小疵。他说的好处是：

我爱这两句诗，多少是因为它对于我启示了一种哲学的意蕴。"曲终人不见"所表现的是消逝，"江上数峰青"所表现的是永恒。可爱的乐声和奏乐者虽然消逝了，而青山却巍然如旧，永远可以让我们把心情寄托在它上面。人到底是怕凄凉的，要求伴侣的。曲终了，人去了，我们一霎时以前所游目骋怀的世界猛然间好像从脚底倒塌去了。这是人生最难堪的一件事，但是一转眼间我们看到江上青峰，好像又找到另一个可亲的伴侣，另一个可托足的世界，而且它永远是在那里的。"山穷水尽疑无路，柳暗花明又一村"，此种风味似之。不仅如此，人和曲果真消逝了么；这一曲缠绵悱恻的音乐没有惊动山灵？它没有传出江上青峰的妩媚和严肃？它没有深深地印在这妩媚和严肃里面？反正青山和湘灵的瑟声已发生这么一回的因缘，青山永在，瑟声和鼓瑟的人也就永在了。

这确已说明了他的所以激赏的原因。但也没有尽。读者是种种不同的，有的爱读《江赋》和《海赋》，有的欣赏《小园》或《枯树》。后者是徘徊于有无生灭之间的文人，对于人生，既惮扰攘，又怕离去，懒于求生，又不乐死，实有太板，寂绝又太空，疲倦得要休息，而休息又太凄凉，所以又必须有一种抚慰。于是"曲终人不见"之外，如"只在此山中，云深不知处"，或"笙歌归院落，灯火下楼台"之类，就往往为人所称道。因为眼前不见，而远处却在，如果不在，便悲哀了，这就是道士之所以说"至心归命礼，玉皇大天尊！"也。

# 三

　　世间有所谓"就事论事"的办法，现在就诗论诗，或者也可以说是无碍的罢。不过我总以为倘要论文，最好是顾及全篇，并且顾及作者的全人，以及他所处的社会状态，这才较为确凿。要不然，是很容易近乎说梦的。

　　　　　　　　　　　　一九三五年十二月十八—十九夜。

# 且介亭杂文二集 · "题未定"草（八）

　　《谢宣城集》虽然只剩了前半部，但有他的同僚一同赋咏的诗。我以为这样的集子最好，因为一面看作者的文章，一面又可以见他和别人的关系，他的作品，比之同咏者，高下如何，他为什么要说那些话……

　　　　　　　　　　　一九三五年十二月十八—十九夜。

# 且介亭杂文二集·"题未定"草（九）

　　仍是上文说的所谓《珍本丛书》之一的张岱《琅嬛文集》，那卷三的书牍类里，有《又与毅儒八弟》的信，开首说：

　　　　前见吾弟选《明诗存》，有一字不似钟谭者，必弃置不取；今几社诸君子盛称王李，痛骂钟谭，而吾弟选法又与前一变，有一字似钟谭者，必弃置不取。钟谭之诗集，仍此诗集，吾弟手眼，仍此手眼，而乃转若飞蓬，捷如影响，何胸无定识，目无定见，口无定评，乃至斯极耶？盖吾弟喜钟谭时，有钟谭之好处，尽有钟谭之不好处，彼盖玉常带璞，原不该尽视为连城；吾弟恨钟谭时，有钟谭之不好处，仍有钟谭之好处，彼盖瑕不掩瑜，更不可尽弃为瓦砾。吾弟勿以几社君子之言，横据胸中，虚心平气，细细论之，则其妍丑自见，奈何以他人好尚为好尚哉！……

　　这是分明的画出随风转舵的选家的面目，也指证了选本的难以凭信的。

　　　　　　　　　　一九三五年十二月十八—十九夜。

# 且介亭杂文末编·白莽作《孩儿塔》序

　　这《孩儿塔》的出世并非要和现在一般的诗人争一日之长，是有别有一种意义在。这是东方的微光，是林中的响箭，是冬末的萌芽，是进军的第一步，是对于前驱者的爱的大纛，也是对于摧残者的憎的丰碑。一切所谓圆熟简练，静穆幽远之作，都无须来作比方，因为这诗属于别一世界。

　　　　　　　　　　　　　　　一九三六年三月十一日作。

# 且介亭杂文末编·写于深夜里

　　我先前读但丁的《神曲》，到《地狱》篇，就惊异于这作者设想的残酷；但到现在，阅历加多，才知道他还是仁厚的了：他还没有想出一个现在已极平常的惨苦到谁也看不见的地狱来。

一九三六年四月四日。

# 且介亭杂文末编·关于太炎先生二三事

　　我的知道中国有太炎先生，并非因为他的经学和小学，是为了他驳斥康有为和作邹容《革命军》序，竟被监禁于上海的西牢。那时留学日本的浙籍学生，正办杂志《浙江潮》，其中即载有先生狱中所作诗，却并不难懂。这使我感动，也至今并没有忘记，现在抄两首在下面——

### 狱中赠邹容

邹容吾小弟，被发下瀛洲。快剪刀除辫，
干牛肉作馒。英雄一入狱，天地亦悲秋。
临命须掺手，乾坤只两头。

### 狱中闻沈禹希见杀

不见沈生久，江湖知隐沦。萧萧悲壮士，

今在易京门。螭魅羞争焰，文章总断魂。

中阴当待我，南北几新坟。

一九三六年十月九日。

# 三闲集·头

三月二十五日的《申报》上有一篇梁实秋教授的《关于卢骚》，以为引辛克来儿的话来攻击白璧德，是"借刀杀人"，"不一定是好方法"。至于他之攻击卢骚，理由之二，则在"卢骚个人不道德的行为，已然成为一般浪漫文人行为之标类的代表，对于卢骚的道德的攻击，可以说即是给一般浪漫的人的行为的攻击。……"

那么，这虽然并非"借刀杀人"，却成了"借头示众"了。假使他没有成为"一般浪漫文人行为之标类的代表"，就不至于路远迢迢，将他的头挂给中国人看。一般浪漫文人，总算害了遥拜的祖师，给了他一个死后也不安静。他现在所受的罪，是因为影响罪，不是本罪了，可叹也夫！

以上的话不大"谨饬"，因为梁教授不过要笔伐，并未说须挂卢骚的头。说到挂头，是我看了今天《申报》上载湖南共产党郭亮"伏诛"后，将他的头挂来挂去。"遍历长岳"，偶然拉扯上去的。……

记得《三国志演义》记袁术（？）死后，后人有诗叹道："长揖横刀出，将军盖代雄。头颅行万里，失计杀田丰。"当三个有闲之暇，也活剥一首来吊卢骚：——

> 脱帽怀铅出，先生盖代穷。头颅行万里，失计造儿童。

一九二八年四月十日。

# 三闲集·现今的新文学的概观

一

至于创造社所提倡的，更彻底的革命文学——无产阶级文学，自然更不过是一个题目。这边也禁，那边也 禁的王独清的从上海租界里遥望广州暴动的诗。"Pong Pong Pong"，铅字逐渐大了起来，只在说明他曾为电影的字幕和上海的酱园招牌所感动，有模仿勃洛克的《十二个》之志而无其力和才。

一九二九年五月二十日讲。

# 二

　　希望革命的文人，革命一到，反而沉默下去的例子，在中国便曾有过的。即如清末的南社，便是鼓吹革命的文学团体，他们叹汉族的被压制，愤满人的凶横，渴望着"光复旧物"。但民国成立以后，倒寂然无声了。我想，这是因为他们的理想，是在革命以后，"重见汉官威仪"，峨冠博带。而事实并不这样，所以反而索然无味，不想执笔了。俄国的例子尤为明显，十月革命开初，也曾有许多革命文学家非常惊喜，欢迎这暴风雨的袭来，愿受风雷的试炼。但后来，诗人叶遂宁、小说家索波里自杀了，近来还听说有名的小说家爱伦堡有些反动。这是什么缘故呢？就因为四面袭来的并不是暴风雨，来试炼的也并非风雷，却是老老实实的"革命"。空想被击碎了，人也就活不下去，这倒不如古时候相信死后灵魂上天，坐在上帝旁边吃点心的诗人们福气。因为他们在达到目的之前，已经死掉了。

　　　　　　　　　　　　　　　　一九二九年五月二十二日。

# 三闲集·无声的中国

　　韩愈、苏轼他们，用他们自己的文章来说当时要说的话，那当然可以的。我们却并非唐宋时人，怎么做和我们毫无关系的时候的文章呢？即使做得象，也是唐宋时代的声音，韩愈、苏轼的声音，而不是我们现代的声音。

一九二七年二月十六日。

# 三闲集·怎么写（夜记之一）

　　我宁看《红楼梦》，却不愿看新出的《林黛玉日记》，它一页能够使我不舒服小半天。《板桥家书》我也不喜欢看，不如读他的《道情》。我所不喜欢的是他题了家书两个字。那么，为什么刻了出来给许多人看的呢？不免有些装腔。

一九二七年。

# 三闲集·在钟楼上（夜记之二）

　　凡有革命以前的幻想或理想的革命诗人，很可有碰死在自己所讴歌希望的现实上的运命；而现实的革命倘不粉碎了这类诗人的幻想或理想，则这革命也还是布告上的空谈。

一九二七年。

# 三闲集 · 太平歌诀

四月六日的《申报》上有这样的一段记事：——

> 南京市近日忽发现一种无稽谣传，谓总理墓行将工竣，石匠有摄收幼童灵魂，以合龙口之举。市民以讹传讹，自相惊扰，因而家家幼童，左肩各悬红布一方，上书歌诀四句，借避危险。其歌诀约有三种，（一）人来叫我魂，自叫自当承。叫人叫不着，自己顶石坟。（二）石叫石和尚，自叫自承当。急早回家转，免去顶坟坛。（三）你造中山墓，与我何相干？一叫魂不去，再叫自承当。（后略）

这三首中的无论那一首，虽只寥寥二十字，但将市民的见解：对于"革命"政府的关系，对于革命者的感情，都已经写得淋漓尽致。虽有善于暴露社会黑暗面的文学家，都恐怕也难有做到这么简明深切的了。"叫人叫不着，自己顶石坟"。则竟包括了许多革命者的传记和一部中国革命的历史。

……

近来的革命文学家往往特别畏惧黑暗，掩藏黑暗，但市民却毫不客气，自己表现了。……

一九二八年四月十日。

# 两地书·三二

那一首诗，意气也未尝不盛，但此种猛烈的攻击，只宜用散文，如"杂感"之类，而造语还须曲折，否，即容易引起反感。诗歌较有永久性，所以不甚合于做这样题目。

沪案以后，周刊上常有极锋利肃杀的诗，其实是没有意思的，情随事迁，即味如嚼蜡。我以为感情正烈的时候，不宜做诗，否则锋铓太露，能将"诗美"杀掉。这首诗有此病。

我自己是不会做诗的，只是意见如此。

一九二五年六月二十八日。

# 两地书·三四

　　我所要登的是议论，而寄来的偏多小说、诗。先前是虚伪的"花呀""爱呀"的诗，现在是虚伪的"死呀""血呀"的诗。呜呼，头痛极了！

　　　　　　　　　　　　　　　　　　一九二五年七月九日。

# 集外集·选本

## 一

　　孔子究竟删过《诗》没有，我不能确说，但看它先"风"后"雅"而末"颂"，排得这么整齐，恐怕至少总也费过乐师的手脚，是中国现存的最古的诗选。

## 二

　　凡是对于文术，自有主张的作家，他所赖以发表和流布自己的主张的手段，倒并不在作文心、文则、诗品、诗话，而在出选本。

　　选本可以借古人的文章，寓自己的意见。……如此，则读者虽读古人书，却得了选者之意，意见也就逐渐和选者接近，终于"就范"了。

读者的读选本，自以为是由此得了古人文笔的精华的，殊不知却被选者缩小了眼界。……选本既经选者所滤过，就总只能吃他所给与的糟或醨。况且有时还加以批评，提醒了他之以为然，而默杀了他之以为不然处。……

评选的本子，影响于后来的文章的力量是不小的，恐怕还远在名家的专集之上，我想，这许是研究中国文学史的人们也该留意的罢。

一九三三年十一月二十四日。

# 集外集·文艺与政治的歧途

我在广东，曾经批评一个革命文学家——现在的广东，是非革命文学不能算做文学的，是非"打打打，杀杀杀，革革革，命命命"，不能算做革命文学的——我以为革命并不能和文学连在一块儿，虽然文学中也有文学革命。但做文学的人总得闲定一点，正在革命中，那有功夫做文学。我们且想想：在生活困乏中，一面拉车，一面"之乎者也"，到底不大便当。古人虽有种田做诗的，那一定不是自己在种田；雇了几个人替他种田，他才能吟他的诗；真要种田，就没有功夫做诗。革命时候也是一样；正在革命，那有功夫做诗？我有几个学生，在打陈炯明时候，他们都在战场；我读了他们的来信，只见他们的字与词一封一封生疏下去。俄国革命以后，拿了面包票排了队一排一排去领面包；这时，国家既不管你什么文学家艺术家雕刻家；大家连想面包都来不及，那有功夫去想文学？等到有了文学，革命早成功了。革命成功以后，闲空了一点；有人恭维革命，有人颂扬革命，这已不是革命文学。他们恭维革命颂扬革命，就是颂扬有权力者，和革命有什么关系？

一九二七年十二月二十一日。

# 集外集·"说不出"

看客在戏台下喝倒采，食客在膳堂里发标，伶人厨子，无嘴可开，只能怪自己没本领。但若看客开口一唱戏，食客动手一做菜，可就难说了。

所以，我以为批评家最平稳的是不要兼做创作。假如提起一支屠城的笔，扫荡了文坛上一切野草，那自然是快意的。但扫荡之后，倘以为天下已没有诗，就动手来创作，便每不免做出这样的东西来：

> 宇宙之广大呀，我说不出；
>
> 父母之恩呀，我说不出；
>
> 爱人的爱呀，我说不出。
>
> 阿呀阿呀，我说不出！

这样的诗，当然是好的，——倘就批评家的创作而言。太上老君的《道德》五千言，开头就说"道可道非常道"，其实也就是一个"说不出"，所以这三个字，也就替得五千言。

　　呜呼。"王者之迹熄，而《诗》亡;《诗》亡，然后《春秋》作。""予岂好辩哉？予不得已也！"

一九二四年十一月十七日发表。

# 集外集·序言

　　我其实是不喜欢做新诗的，——但也不喜欢做旧诗——只因为那时候诗坛寂寞，所以打打边鼓，凑些热闹；待到称为诗人的一出现，就洗手不做了。我更不喜欢徐志摩那样的诗，而他偏爱到各处投稿，《语丝》一出版，他也就来了，有人赞成，登了出来，我就做了一篇杂感，和他开一通玩笑，使他不能来，他也果然不来了。这是我和后来的"新月派"积仇的第一步；语丝社同人中有几位也因此很不高兴我。

一九三四年十二月二十日。

# 集外集（附录）·《奔流》编校后记

一

A. Mickiewicz（1798—1855）是波兰在异族压迫之下的时代的诗人，所鼓吹的是复仇，所希求的是解放，在二三十年前，是很足以招致中国青年的共鸣的。我曾在《摩罗诗力说》里，讲过他的生涯和著作，后来收在论文集《坟》中；记得《小说月报》很注意于被压迫民族的文学的时候，也曾有所论述，但我手头没有旧报，说不出在那一卷那一期了。最近，则在《奔流》本卷第一本上，登过他的两篇诗，但这回绍介的立意，倒在巴黎新成的雕像;《青春的赞颂》一篇，也是从法文重译的。

一九二九年。

## 二

　　涅克拉梭夫是俄国十九世纪有名的国民诗人。

一九二九年三月二十五日。

## 三

　　收到第一篇《彼得斐行状》时，很引起我青年时的回忆，因为他是我那时所敬仰的诗人。在满洲政府之下的人，共鸣于反抗俄皇的英雄，也是自然的事。但他其实是一个爱国诗人，译者大约因为爱他，便不免有些掩护，将"nation"译作"民众"，我以为那是不必的。他生于那时，当然没有现代的见解，取长弃短，只要那"斗志"能鼓动青年战士的心，就尽够了。

　　绍介彼得斐最早的，有半篇译文叫《裴彖飞诗论》，登在二十多年前在日本东京出版的杂志《河南》上，现在大概是消失了。其次，是我的《摩罗诗力说》里也曾说及，后来收在《坟》里面。一直后来，则《沉钟》月刊上有冯至先生的论文；《语丝》上有 L.S. 的译诗，和这里的诗有两篇相重复。近来孙用先生译了一篇叙事诗《勇敢的约翰》，是十分用力的工作，可惜有一百页之多。《奔流》为篇幅所限，竟容不下，只好另出单行本子了。

　　　　　　　　　　　一九二九年十一月二十日。

# 集外集拾遗·《十二个》后记

## 一

　　这诗的体式在中国很异样；但我以为很能表现着俄国那时（！）的神情；细看起来，也许会感到那大震撼，大咆哮的气息。可惜翻译最不易。我们曾经有过一篇从英文的重译本；因为还不妨有一种别译，胡成才君便又从原文译出了。不过诗是只能有一篇的，即使以俄文改写俄文，尚且决不可能，更何况用了别一国的文字。然而我们也只能如此。

　　　　　　　　　　　　一九二六年七月二十一日。

# 二

俄国在一九一七年三月的革命，算不得一个大风暴；到十月，才是一个大风暴，怒吼着，震荡着，枯朽的都拉杂崩坏，连乐师画家都茫然失措，诗人也沉默了。

就诗人而言，他们因为禁不起这连底的大变动，或者脱出国界，便死亡，如安得列夫；或者在德法做侨民，如梅垒什珂夫斯奇、巴理芒德；或者虽然并未脱走，却比较的失了生动，如阿尔志跋绥夫。但也有还是生动的；如勃留梭夫和戈理奇、勃洛克。

……

梅垒什珂夫斯奇们既然作了侨民，就常以痛骂苏俄为事；别的作家虽然还有创作，然而不过是写些"什么"，颜色很黯淡，衰弱了。象征派诗人中，收获最多的，就只有勃洛克。

……

……当革命时，将最强烈的刺戟给与俄国诗坛的，是《十二个》。

一九二六年七月二十一日。

# 三

　　从一九○四年发表了最初的象征诗集《美的女人之歌》起，勃洛克便被称为现代都会诗人的第一人了。他之为都会诗人的特色，是在用空想，即诗底幻想的眼，照见都会中的日常生活，将那朦胧的印象，加以象征化。将精气吹入所描写的事象里，使它苏生；也就是在庸俗的生活，尘嚣的市街中，发见诗歌底要素。所以勃洛克所擅长者，是在取卑俗、热闹、杂沓的材料，造成一篇神秘底写实的诗歌。

　　中国没有这样的都会诗人。我们有馆阁诗人，山林诗人，花月诗人……；没有都会诗人。

　　　　　　　　　　　　　一九二六年七月二十一日。

# 四

　　……

　　当革命时，将最强烈的刺戟给与俄国诗坛的，是《十二个》。

　　……

　　呼唤血和火的，咏叹酒和女人的，赏味幽林和秋月的，都要真的神往的心，否则一样是空洞。人多是"生命之川"

之中的一滴，承着过去，向着未来，倘不是真的特出到异乎寻常的，便都不免并含着向前和反顾。诗《十二个》里就可以看见这样的心：他向前，所以向革命突进了，然而反顾，于是受伤。

篇末出现的耶稣基督，仿佛可有两种的解释：一是他也赞同，一是还须靠他得救。但无论如何，总还以后解为近是。故十月革命中的这大作品《十二个》，也还不是革命的诗。

然而也不是空洞的。

一九二六年七月二十一日。

# 集外集拾遗·又是"古已有之"

……

　　我是毫不治史学的。所以于史学很生疏。但记得宋朝大闹党人的时候，也许是禁止元祐学术的时候罢，因为党人中很有几个是有名的诗人，便迁怒到诗上面去，政府出了一条禁令，不准大家做诗，违者笞二百！

……

　　然而做诗又怎样开了禁呢？听说是因为皇帝先做了一首，于是大家便又动手做起来了。

　　可惜中国已没有皇帝了，只有并不缩小的炮弹在天空里飞，那有谁来用这还未放大的炮弹呢？

　　呵呀！还有皇帝的诸大帝国皇帝陛下呀，你做几首诗，用些惊叹符号，使敝国的诗人不至于受罪罢！唉！！！

一九二四年九月二十八日。

# 集外集拾遗·帮忙文学与帮闲文学

　　中国文学从我看起来，可以分为两大类：（一）廊庙文学，这就是已经走进主人家中，非帮主人的忙，就得帮主人的闲；与这相对的是（二）山林文学。唐诗即有此二种。如果用现代话讲起来，是"在朝"和"下野"。后面这一种虽然暂时无忙可帮，无闲可帮，但身在山林，而"心存魏阙"。如果既不能帮忙，又不能帮闲，那么，心里就甚是悲哀了。

　　　　　　　　　　　　　　一九三二年十一月二十二日。

# 集外集拾遗·老调子已经唱完

　　但是，有些读书人说，我们看这些古东西，倒并不觉得于中国怎样有害，又何必这样决绝地抛弃呢？是的。然而古老东西的可怕就正在这里。倘使我们觉得有害，我们便能警戒了，正因为并不觉得怎样有害，我们这才总是觉不出这致死的毛病来。因为这是"软刀子"。这"软刀子"的名目，也不是我发明的。明朝有一个读书人，叫做贾凫西的，鼓词里曾经说起纣王，道："几年家软刀子割头不觉死，只等得太白旗悬才知道命有差。"我们的老调子，也就是一把软刀子。

一九二七年二月十九日。

# 集外集拾遗·诗歌之敌

一

豢养文士仿佛是赞助文艺似的，而其实也是敌。宋玉
司马相如之流，就受着这样的待遇，和后来的权门的"清
客"略同，都是位在声色狗马之间的玩物。查理九世的言
动，更将这事十分透彻地证明了的。他是爱好诗歌的，常给
诗人一点酬报，使他们肯做一些好诗，而且时常说："诗人就
像赛跑的马，所以应该给吃一点好东西。但不可使他们太肥；
太肥，他们就不中用了。"这虽然对于胖子而想兼做诗人的，
不算一个好消息，但也确有几分真实在内。匈牙利最大的抒
情诗人彼象飞（A.Petöfi）有题 B.Sz. 夫人照像的诗，大旨说：
"听说你使你的丈夫很幸福，我希望不至于此，因为他是苦

恼的夜莺，而今沉默在幸福里了。苛待他罢，使他因此常常唱出甜美的歌来。"也正是一样的意思。但不要误解，以为我是在提倡青年要做好诗，必须在幸福的家庭里和令夫人打架。事情也不尽如此的。相反的例并不少，最显著的是勃朗宁和他的夫人。

二

　　……曾在《学灯》——不是上海出版的《学灯》——上见过一篇春日一郎的文章来了，于是就将他的题目直抄下来：《诗歌之敌》。

　　那篇文章的开首说，无论什么时候，总有"反诗歌党"的。编成这一党派的分子：一、是凡要感得专诉于想象力的或种艺术的魅力，最要紧的是精神的炽烈的扩大，而他们却已完全不能扩大了的固执的智力主义者；二、是他们自己曾以媚态奉献于艺术神女，但终于不成功，于是一变而攻击诗人，以图报复的著作者；三、是以为诗歌的热烈的感情的奔进，足以危害社会的道德与平和的那些怀着宗教精神的人们。但这自然是专就西洋而论。

# 三

　　诗歌不能凭仗了哲学和智力来认识，所以感情已经冰结的思想家，即对于诗人往往有谬误的判断和隔膜的揶揄。最显著的例是洛克，他观作诗，就和踢球相同。在科学方面发扬了伟大的天才的巴士凯尔，于诗美也一点不懂，曾以几何学者的口吻断结说："诗者，非有少许稳定者也。"凡是科学底的人们，这样的很不少，因为他们精细地研钻着一点有限的视野，便决不能和博大的诗人的感得全人间世，而同时又领会天国之极乐和地狱之大苦恼的精神相通。

# 四

　　倘我们赏识美的事物，而以伦理学的眼光来论动机，必求其"无所为"，则第一先得与生物离绝。柳阴下听黄鹂鸣，我们感得天地间春气横溢，见流萤明灭于丛草里，使人顿怀秋心。然而鹂歌萤照是"为"什么呢？毫不客气，那都是所谓"不道德"的，都正在大"出风头"，希图觅得配偶。至于一切花，则简直是植物的生殖机关了。虽然有许多披着美丽的外衣，而目的则专在受精，比人们的讲神圣恋爱尤其露骨。即使清高如梅菊，也逃不出例外——而可怜的陶潜、林逋，却都不明白那些动机。

# 五

第三种是中外古今触目皆是的东西……总之，在普通的
社会上，历来就骂杀了不少的诗人，则都有文艺史实来作证
的了。中国的大惊小怪，也不下于过去的西洋，绰号似的造
出许多恶名，都给文人负担，尤其是抒情诗人。而中国诗人
也每未免感得太浅太偏，走过宫人斜就做一首"无题"，看
见树丫叉就赋一篇"有感"。和这相应，道学先生也就神经
过敏之极了：一见"无题"就心跳，遇"有感"则立刻满脸
发烧，甚至于必以学者自居，生怕将来的国史将他附入文
苑传。

# 六

说文学革命之后而文学已有转机，我至今还未明白这话
是否真实。但戏曲尚未萌芽，诗歌却已奄奄一息了。即有几
个人偶然呻吟，也如冬花在严风中颤抖。听说前辈老先生，
还有后辈而少年老成的小先生，近来尤厌恶恋爱诗；可是说
也奇怪，咏叹恋爱的诗歌果然少见了。从我似的外行人看起
来，诗歌是本以发抒自己的热情的，发讫即罢；但也愿意有

共鸣的心弦，则不论多少，有了也即罢；对于老先生的一颦一蹙，殊无所用其惭惶。纵使稍稍带些杂念，即所谓意在撩拨爱人或是"出风头"之类，也并非大悖人情，所以正是毫不足怪，而且对于老先生的一颦一蹙，即更无所用其惭惶。因为意在爱人，便和前辈老先生尤如风马牛之不相及，倘因他们一摇头而慌忙辍笔，使他高兴，那倒像撩拨老先生，反而失敬了。

七

　　但反诗歌党的大将总要算柏拉图。他是艺术否定论者，对于悲剧喜剧，都加攻击，以为足以灭亡我们灵魂中崇高的理性，鼓舞劣等的情绪，凡有艺术，都是模仿的模仿，和"实在"尚隔三层；又以同一理由，排斥荷马。在他的《理想国》中，因为诗歌有能鼓动民心的倾向，所以诗人是看作社会的危险人物的，所许可者，只有足供教育资料的作品，即对于神明及英雄的颂歌。这一端，和我们中国古今的道学先生的意见，相差似乎无几。然而柏拉图自己却是一个诗人，著作之中，以诗人的感情来叙述的就常有；即《理想国》，也还是一部诗人的梦书。他在青年时，又曾委身于艺圃的开拓，待到自己知道胜不过无敌的荷马，却一转而开始攻击，仇视诗歌了。但自私的偏见，仿佛也不容易支持长久似的，他的高足弟子亚里士多德做了一部《诗学》，就将为奴的文艺从先生手里一把抢来，放在自由独立的世界里了。

一九二五年一月一日。

# 集外集拾遗补编·附录二·别诸弟三首之一

从来一别又经年，万里长风送客船。

我有一言应记取，文章得失不由天。

一九〇〇年。

# 集外集拾遗补编·《勇敢的约翰》校后记

……我向来原是很爱 Petöfi Sándor 的人和诗的。

……但是，无论怎样碰钉子，这诗歌和图画，却还是好的，正如作者虽然死在哥萨克兵的矛尖上，也依然是一个诗人和英雄一样。

……他的擅长之处，自然是在抒情的诗；但这一篇民间故事诗，虽说事迹简朴，却充满着儿童的天真，所以即使你已经做过九十大寿，只要还有些"赤子之心"，也可以高高兴兴的看到卷末。……

一九三一年。

# 准风月谈·重三感旧

## 一

然而现在是别一种现象了。有些新青年，境遇正和"老新党"相反，八股毒是丝毫没有染过的，出身又是学校，也并非国学的专家，但是，学起篆字来了，填起词来了，劝人看《庄子》《文选》了，信封也有自刻的印板了，新诗也写成方块了，除掉作新诗的嗜好之外，简直就如光绪初年的雅人一样，所不同者，缺少辫子和有时穿穿洋服而已。

## 二

近来有一句常谈，是"旧瓶不能装新酒"。这其实是不确的。旧瓶可以装新酒，新瓶也可以装旧酒，倘若不信，将一瓶五加皮和一瓶白兰地互换起来试试看，五加皮装在白兰地瓶子里，也还是五加皮。这一种简单的试验，不但明示着"五更调""攒十字"的格调，也可以放进新的内容去，但又证实了新式青年的躯壳里，大可以埋伏下"桐城谬种"或"选学妖孽"的喽罗。

一九三三年十月一日。

# 准风月谈·喝茶

　　有好茶喝，会喝好茶，是一种"清福"。不过要享这"清福"，首先就须有工夫，其次是练习出来的特别的感觉。由这一极琐屑的经验，我想，假使是一个使用筋力的工人，在喉干欲裂的时候，那么，即使给他龙井芽茶、珠兰窨片，恐怕他喝起来也未必觉得和热水有什么大区别罢。所谓"秋思"，其实也是这样的，骚人墨客，会觉得什么"悲哉秋之为气也"，风雨阴晴，都给他一种刺戟，一方面也就是一种"清福"，但在老农，却只知道每年的此际，就要割稻而已。

一九三三年九月三十日。

# 准风月谈·前记

想从一个题目限制了作家，其实是不能够的。假如出一个"学而时习之"的试题，叫遗少和车夫来做八股，那做法就决定不一样。自然，车夫做的文章可以说是不通，是胡说，但这不通或胡说，就打破了遗少们的一统天下。古话里也有过：柳下惠看见糖水，说"可以养老"，盗跖见了，却道可以粘门闩。他们是弟兄，所见的又是同一的东西，想到的用法却有这么天差地远。"月白风清，如此良夜何？"好的，风雅之至，举手赞成。但同是涉及风月的"月黑杀人夜，风高放火天"呢，这不明明是一联古诗么？

一九三四年三月十日。

# 准风月谈·诗和豫言

豫言总是诗，而诗人大半是豫言家。然而豫言不过诗而已，诗却往往比豫言还灵。

例如辛亥革命的时候，忽然发现了：

手执钢刀九十九，杀尽胡儿方罢手。

这几句《推背图》里的豫言，就不过是"诗"罢了。那时候，何尝只有九十九把钢刀？还是洋枪大炮来得厉害：该着洋枪大炮的后来毕竟占了上风，而只有钢刀的却吃了大亏。况且当时的"胡儿"，不但并未"杀尽"，而且还受了优待，以至于现在还有"伪"溥仪出风头的日子。所以当做豫言看，这几句歌诀其实并没有应验。……

至于诗里面，却的确有着极深刻的豫言。我们要找豫言，与其读《推背图》，不如读诗人的诗集。也许这个年头又是应当发现什么的时候了罢，居然找着了这么几句：

　　　　此辈封狼从瘐狗，生平猎人如猎兽，
　　　　万人一怒不可回，会看太白悬其首。

　　这怎么叫人不"拍案叫绝"呢？这里"封狼从瘐狗"，自己明明是畜生，却偏偏把人当做畜生看待：畜生打猎，而人反被猎！"万人"的愤怒的确是不可挽回的了。嚣俄这诗，是说的一七九三年（法国第一共和二年）的帝制党，他没有料到一百四十年之后还会有这样的应验。

　　　　　　　　　　　　　　　　　　一九三三年七月二十日。

# 准风月谈·偶成

……上海又有名公要来整顿茶馆了，据说整顿之处，大略有三：一是注意卫生，二是制定时间，三是施行教育。
……

最不容易是第三条。"愚民"的到茶馆来，是打听新闻，闲谈心曲之外，也来听听《包公案》一类东西的，时代已远，真伪难明，那边妄言，这边妄听，所以他坐得下去。现在倘若改为"某公案"，就恐怕不相信，不要听；专讲敌人的秘史、黑幕罢，这边之所谓敌人，未必就是他们的敌人，所以也难免听得不大起劲。结果是茶馆主人遭殃，生意清淡了。

前清光绪初年，我乡有一班戏班，叫做"群玉班"，然而名实不符，戏做得非常坏，竟弄得没有人要看了。乡民的本领并不亚于大文豪，曾给他编过一支歌：

台上群玉班，

台下都走散。

连忙关庙门。

两边墙壁都爬塌（平声）。

连忙扯得牢，

只剩下一担馄饨担。


　　看客的取舍，是没法强制的，他若不要看，连拖也
无益。……

一九三三年六月十五日。

# 准风月谈·查旧账

　　古人是怕查这种旧账的，蜀的韦庄穷困时，做过一篇慷慨激昂，文字较为通俗的《秦妇吟》，真弄得大家传诵，待到他显达之后，却不但不肯编入集中，连人家的钞本也想设法消灭了。当时不知道成绩如何，但看清朝末年，又从敦煌的山洞中掘出了这诗的钞本，就可见是白用心机了的，然而那苦心却也可以想见。

　　　　　　　　　　　　　　　一九三三年七月二十五日。

# 准风月谈·豪语的折扣

豪语的折扣其实也就是文学上的折扣，凡作者的自述，往往必须打一个扣头，……

仙才李太白的善作豪语，可以不必说了；连留长了指甲，骨瘦如柴的鬼才李长吉，也说"见买若耶溪水剑，明朝归去事猿公"起来，简直是毫不自量，想学剑客了。这应该折成零，证据是他到底并没有去。南宋时候，国步艰难，陆放翁自然也是慷慨党中的一个，他有一回说："老子犹堪绝大漠，诸君何至泣新亭。"他其实是去不得的，也应该折成零。……

其实，这故作豪语的脾气，正不独文人为然，常人或市侩，也非常发达。……

一九三三年八月四日。

# 南腔北调集 · 为了忘却的记念

一

天气愈冷了，我不知道柔石在那里有被褥不？我们是有的。洋铁碗可曾收到了没有？……但忽然得到一个可靠的消息，说柔石和其他二十三人，已于二月七日夜或八日晨，在龙华警备司令部被枪毙了，他的身上中了十弹。

原来如此！……

在一个深夜里，我站在客栈的院子中，周围是堆着的破烂的什物；人们都睡觉了，连我的女人和孩子。我沉重的感到我失掉了很好的朋友，中国失掉了很好的青年，我在悲愤中沉静下去了，然而积习却从沉静中抬起头来，凑成了这样的几句：

"惯于长夜过春时，挈妇将雏鬓有丝。梦里依稀
慈母泪，城头变幻大王旗。忍看朋辈成新鬼，怒向
刀丛觅小诗。吟罢低眉无写处，月光如水照缁衣。"

　　但末二句，后来不确了，我终于将这写给了一个日本的
歌人。

　　可是在中国，那时是确无写处的，禁锢得比罐头还严密。
我记得柔石在年底曾回故乡，住了好些时，到上海后很受朋
友的责备。他悲愤的对我说，他的母亲双眼已经失明了，要
他多住几天，他怎么能够就走呢？我知道这失明的母亲的眷
眷的心，柔石的拳拳的心。当《北斗》创刊时，我就想写一点
关于柔石的文章，然而不能够，只得选了一幅珂勒惠支（Käthe
Kollwitz）夫人的木刻，名曰《牺牲》，是一个母亲悲哀地献出
她的儿子去的，算是只有我一个人心里知道的柔石的记念。

## 二

　　同时被难的四个青年文学家之中，李伟森我没有会见过，
胡也频在上海也只见过一次面，谈了几句天。较熟的要算白
莽，即殷夫了，他曾经和我通过信，投过稿，但现在寻起来，
一无所得，想必是十七那夜统统烧掉了，那时我还没有知道

被捕的也有白莽。然而那本《彼得斐诗集》却在的，翻了一遍，也没有什么，只在一首《Wahlspruch》（格言）的旁边，有钢笔写的四行译文道：

　　生命诚宝贵，

　　爱情价更高；

　　若为自由故，

　　二者皆可抛！

　　又在第二叶上，写着"徐培根"三个字，我疑心这是他的真姓名。

一九三三年二月七—八日。

# 南腔北调集·学生和玉佛

一月二十八日《申报》号外载二十七日北平专电曰:"故宫古物即起运,北宁平汉两路已奉令备车,团城白玉佛亦将南运。"

二十九日号外又载二十八日中央社电传教育部电平各大学,略曰:"据各报载榆关告紧之际,北平各大学中颇有逃考及提前放假等情,均经调查确实。查大学生为国民中坚分子,讵容妄自惊扰,败坏校规,学校当局迄无呈报,迹近宽纵,亦属非是。仰该校等迅将学生逃考及提前放假情形,详报核办,并将下学期上课日期,并报为要。"

三十日,"堕落文人"周动轩先生见之,有诗叹曰:

> 寂寞空城在,仓皇古董迁,
>
> 头儿夸大口,面子靠中坚。

惊扰讵云妄？奔逃只自怜：

所嗟非玉佛，不值一文钱。


一九三三年。

# 南腔北调集·作文秘诀

我们的古之文学大师，就常常玩着这一手。班固先生的
"紫色鼃声，余分闰位"，就将四句长句，缩成八字的；扬雄
先生的"蠢迪检柙"，就将"动由规矩"这四个平常字，翻成
难字的。《绿野仙踪》记塾师咏"花"，有句云："媳钗俏矣儿
书废，哥罐闻焉嫂棒伤。"自说意思，是儿妇折花为钗，虽然
俏丽，但恐儿子因而废读；下联较费解，是他的哥哥折了花，
没有花瓶，就插在瓦罐里，以嗅花香，他嫂嫂为防微杜渐起
见，竟用棒子连花和罐一起打坏了。这算是对于冬烘先生的
嘲笑。然而他的作法，其实是和扬班并无不合的，错只在他
不用古典而用新典。这一个所谓"错"，就使《文选》之类在
遗老遗少们的心眼里保住了威灵。

一九三三年十一月十日。

# 南腔北调集·辱骂和恐吓决不是战斗

这诗，一目了然，是看了前一期的别德纳衣的讽刺诗而作的。然而我们来比一比罢，别德纳衣的诗虽然自认为"恶毒"，但其中最甚的也不过是笑骂。这诗怎么样？有辱骂，有恐吓，还有无聊的攻击：其实是大可以不必作的。

例如罢，开首就是对于姓的开玩笑，……但姓氏籍贯……这是从上代传下来的，不能由他自主。……

尤其不堪的是结末的辱骂。……

接着又是什么"剖西瓜"之类的恐吓，这也是极不对的，我想无产者的革命，乃是为了自身的解放和消灭阶级，并非因为要杀人，即使是正面的敌人，倘不死于战场，就有大众的裁判，决不是一个诗人所能提笔判定生死的。……而我们的作者，却将革命的工农用笔涂成一个吓人的鬼脸，由我看来，真是卤莽之极了。

……

不过，我并非主张要对敌人陪笑脸，三鞠躬。我只是说，战斗的作者应该注重于"论争"；倘在诗人，则因为情不可遏而愤怒，而笑骂，自然也无不可。但必须止于嘲笑，止于热骂，而且要"喜笑怒骂，皆成文章"，使敌人因此受伤或致死，而自己并无卑劣的行为，观者也不以为污秽，这才是战斗的作者的本领。

一九三二年十二月十日。

# 南腔北调集·谚语

　　某一种人，一定只有这某一种人的思想和眼光，不能越出他本阶级之外。说起来，好像又在提倡什么犯讳的阶级了，然而事实是如此的。谣谚并非全国民的意思，就是为了这缘故。

　　　　　　　　　　　　　　　　　　一九三三年六月十三日。

# 南腔北调集·漫与

……假使前年是肃杀的秋天，今天就成了凄凉的秋天，……在这转变中的人，尤其是诗人，就感到了不同的秋，将这感觉，用悲壮的，或凄惋的句子，传给一切平常人，使彼此可以应付过去，而天地间也常有新诗存在。

前年实在好像是一个悲壮的秋天，市民捐钱，青年拼命，箛鼓的声音也从诗人的笔下涌出，仿佛真要"投笔从戎"似的。然而诗人的感觉是锐敏的，他未始不知道国民的赤手空拳，所以只好赞美大家的殉难，因此在悲壮里面，便埋伏着一点空虚。我所记得的，是邵冠华先生的《醒起来罢同胞》（《民国日报》所载）里的一段——

　　同胞，醒起来罢，
　　踢开了弱者的心。

踢开了弱者的脑，

看，看，看，

看同胞们的血喷出来了，

看同胞们的肉割开来了，

看同胞们的尸体挂起来了。

鼓鼙之声要在前线，当进军的时候，是"作气"的，但尚且要"再而衰，三而竭"；倘在并无进军的准备的处所，那就完全是"散气"的灵丹了，倒使别人的紧张的心情，由此转成弛缓。所以我曾比之于"嚎丧"，是送死的妙诀，是丧礼的收场，从此使生人又可以在别一境界中，安心乐意的活下去。……

不过事实真也比评论更其不留情面，仅在这短短的两年中，昔之义军，已名"匪徒"，而有些"抗日英雄"，却早已侨居姑苏了，而且连捐款也发生了问题。九一八的纪念日，则华界但有囚车随着武装巡捕梭巡，这囚车并非"意图"拘禁敌人或汉奸，而是专为"意图乘机捣乱"的"反动分子"所豫设的宝座。天气也真是阴惨，狂风骤雨，报上说是"飓风"，是天地在为中国饮泣，然而在天地之间——人间，这一日却"平安"的过去了。

于是就成了虽然有些惨淡，却很"平安"的秋天，正是一个丧家届了除服之期的景象。但这景象，却又与诗人非常适合的，我在《醒起来罢同胞》的同一作家的《秋的黄昏》（九月二十五日《时事新报》所载）里，听到了幽咽而舒服的声调——

　　　　我到了秋天便会伤感；到了秋天的黄昏，便
　　会流泪，我已很感觉到我的伤感是受着秋风的
　　波动而兴奋地展开，同时自己又像会发现自己
　　的环境是最适合于秋天，细细地抚摩着秋天在自
　　然里发出的音波，我知道我的命运使我成为秋天
　　的人。……

　　钉梢，现在中国所流行的，是无赖子对于摩登女郎，和侦探对于革命青年的钉梢，而对于文人学士们，却还很少见。假使追踪几月或几年试试罢，就会看见许多怎样的情随事迁，到底头头是道的诗人。

　　一个活人，当然是总想活下去的，就是真正老牌的奴隶，也还在打熬着要活下去，然而自己明知道是奴隶，打熬着，并且不平着，挣扎着，一面"意图"挣脱以至实行挣脱的，即使暂时失败，还是套上了镣铐罢，他却不过是单单的奴隶。如果从奴隶生活中寻出"美"来，赞叹，抚摩，陶醉，那可简直是万劫不复的奴才了，他使自己和别人永远安住于这生活，就因为奴群中有这一点差别，所以使社会有平

安和不安的差别，而在文学上，就分明的显现了麻醉的和战
斗的的不同。

　　　　　　　　　　　　　　一九三三年九月二十七日。

# 花边文学·略论梅兰芳及其他（上）

　　士大夫是常要夺取民间的东西的，将竹枝词改成文言，将"小家碧玉"作为姨太太，但一沾着他们的手，这东西也就跟着他们灭亡。

一九三四年十一月一日。

# 花边文学·古人并不纯厚

　　古之诗人，是有名的"温柔敦厚"的，而有的竟说："时日曷丧，予及汝偕亡！"你看够多么恶毒？更奇怪的是孔子"校阅"之后，竟没有删，还说什么"诗三百，一言以蔽之，曰：思无邪"哩，好像圣人也并不以为可恶。

　　还有现存的最通行的《文选》，听说如果青年作家要丰富语汇，或描写建筑，是总得看它的，但我们倘一调查里面的作家，却至少有一半不得好死，当然，就因为心不好。经昭明太子一挑选，固然好像变成语汇祖师了，但在那时，恐怕还有个人的主张，偏激的文字。否则，这人是不传的，试翻唐以前的史上的文苑传，大抵是禀承意旨，草檄作颂的人，然而那些作者的文章，流传至今者偏偏少得很。

　　由此看来，翻印整部的古书，也就不无危险了。近来偶尔看见一部石印的《平斋文集》，作者，宋人也，不可谓之不古，但其诗就不可为训。如咏《狐鼠》云："狐鼠擅一窟，虎蛇行九逵。不论天有眼，但管地无皮……。"又咏《荆公》云："养就祸胎身始去，依然钟阜向人青。"那指斥当路的口气，就为今人所看不惯。"八大家"中的欧阳修，是不能算作偏激的文学家的罢，然而那《读李翱文》中却有云："呜呼，在位而不肯自忧，又禁它人使皆不得忧，可叹也夫！"也就悻悻得很。

但是，经后人一选择，却就纯厚起来了。后人能使古人纯厚，则比古人更为纯厚也可见。清朝曾有钦定的《唐宋文醇》和《唐宋诗醇》，便是由皇帝将古人做得纯厚的好标本，不久也许会有人翻印，以"挽狂澜于既倒"的。

一九三四年四月十五日。

# 花边文学·清明时节

　　相传曹操怕死后被人掘坟，造了七十二疑冢，令人无从下手。于是后之诗人曰："遍掘七十二疑冢，必有一冢葬君尸。"于是后之论者又曰：阿瞒老奸巨滑，安知其尸实不在此七十二冢之内乎。真是没有法子想。

一九三四年四月二十六日。

# 花边文学 · 女人未必多说谎

我想，与其说"女人讲谎话要比男人来得多"，不如说"女人被人指为'讲谎话要比男人来得多'的时候来得多"，但是，数目字的统计自然也没有。

譬如罢，关于杨妃，禄山之乱以后的文人就都撒着大谎，玄宗逍遥事外，倒说是许多坏事情都由她，敢说"不闻夏殷衰，中自诛褒妲"的有几个。就是妲己，褒姒，也还不是一样的事？女人的替自己和男人伏罪，真是太长远了。

……

记得某男士为某女士鸣不平的诗道："君王城上竖降旗，妾在深宫那得知？二十万人齐解甲，更无一个是男儿！"快哉快哉！

一九三四年一月八日。

# 花边文学·中秋二愿

　　况且世界文学史上，有多少中国所谓"父子作家""夫妇作家"那些"肉麻当有趣"的人物在里面？因为文学和梅毒不同，并无霉菌，决不会由性交传给对手的。至于有"诗人"在钓一个女人，先捧之为"女诗人"，那是一种讨好的手段，并非他真传染给她了诗才。

　　　　　　　　　　　　　　　　一九三四年九月二十五日。

# 花边文学·看书琐记（三）

　　记得有一位诗人说过这样的话：诗人要做诗，就如植物要开花，因为他非开不可的缘故。如果你摘去吃了，即使中了毒，也是你自己的错。

　　这比喻很美，也仿佛很有道理的。但再一想，却也有错误。错的是诗人究竟不是一株草，还是社会里的一个人；况且诗集是卖钱的，何尝可以白摘。一卖钱，这就是商品，买主也有了说好说歹的权利了。

　　即使真是花罢，倘不是开在深山幽谷，人迹不到之处，如果有毒，那是园丁之流就要想法的。花的事实，也并不如诗人的空想。

　　　　　　　　　　　　　　一九三四年八月二十二日。

# 华盖集·"碰壁"之后

我平日常常对我的年青的同学们说：古人所谓"穷愁著书"的话，是不大可靠的。……高吟"饥来驱我去……"的陶征士，其时或者偏已很有些酒意了。正当苦痛，即说不出苦痛来，佛说极苦地狱中的鬼魂，也反而并无叫唤！

一九二五年五月二十一日。

# 华盖集·咬文嚼字

据考据家说，这曹子建的《七步诗》是假的。但也没有什么大相干，姑且利用它来活剥一首，替豆萁伸冤：

> 煮豆燃豆萁，萁在釜下泣——
> 我烬你熟了，正好办教席！

一九二五年六月五日。

# 华盖集续编·无花的蔷薇

　　志摩先生曰："我很少夸奖人的。但西滢就他学法郎士的文章说，我敢说，已经当得起一句天津话：'有根'了。"而且"像西滢这样，在我看来，才当得起'学者'的名词"。（《晨副》一四二三）

　　西滢教授曰："中国的新文学运动，方在萌芽，可是稍有贡献的人，如胡适之、徐志摩、郭沫若、郁达夫、丁西林、周氏兄弟等等都是曾经研究过他国文学的人。尤其是志摩他非但在思想方面，就是在体制方面，他的诗及散文，都已经有一种中国文学里从来不曾有过的风格。"（《现代》六三）

　　虽然抄得麻烦，但中国现今"有根"的"学者"和"尤其"的思想家及文人，总算已经互相选出了。

一九二六年二月二十七日。

# 华盖集续编·再来一次

章行严先生在上海批评他之所谓"新文化"说,"二桃杀三士"怎样好,"两个桃子杀了三个读书人"便怎样坏,而归结到新文化之"是亦不可以已乎?"

是亦大可以已者也!"二桃杀三士"并非僻典,旧文化书中常见的。但既然是:"谁能为此谋?相国齐晏子。"我们便看看《晏子春秋》罢。

……大意是"公孙接田开疆古冶子事景公,以勇力搏虎闻,晏子过而趋,三子者不起",于是晏老先生以为无礼,和景公说,要除去他们了。那方法是请景公使人送他们两个桃子,说道:"你三位就照着功劳吃桃罢。"呵,这可就闹起来了:

……

钞书太讨厌。总而言之,后来那二士(指公孙接和田开疆——辑者)自愧功不如古冶子,自杀了;古冶子不愿独生,也自杀了：于是乎就成了"二桃杀三士"。

我们虽然不知道这三士于旧文化有无心得，但既然书上说是"以勇力闻"，便不能说他们是"读书人"。倘使《梁父吟》说是"二桃杀三勇士"，自然更可了然，可惜那是五言诗，不能增字，所以不得不作"二桃杀三士"，于是也就害了章行严先生解作"两个桃子杀了三个读书人"。

旧文化也实在太难解，古典也诚然太难记，而那两个旧桃子也未免太作怪：不但那时使三个读书人因此送命，到现在还使一个读书人因此出丑，"是亦不可以已乎"！

……

但不知怎的，这位"孤桐先生"竟在《甲寅》上辩起来了，以为这不过是小事。这是真的，不过是小事。弄错一点，又何伤乎？即使不知道晏子，不知道齐国，于中国也无损。农民谁懂得《梁父吟》呢，农业也仍然可以救国的。但我以为攻击白话的豪举，可也大可以不必了；将白话来代文言，即使有点不妥，反正也不过是小事情。

一九二六年五月二十四日。

# 华盖集续编·不是信

诗歌小说虽有人说同是天才即不妨所见略同，所作相像，但我以为究竟也以独创为贵。

一九二六年二月一日。

# 野草·我的失恋
## ——《我的失恋》

关于"拟古的新打油诗"——

### 我的失恋

我的所爱在山腰；

想去寻她山太高，

低头无法泪沾袍。

爱人赠我百蝶巾；

回她什么：猫头鹰。

从此翻脸不理我，

不知何故今使我心惊。

我的所爱在闹市；

想去寻她人拥挤，

仰头无法泪沾耳。

爱人赠我双燕图；

回她什么：冰糖壶卢。

从此翻脸不理我，

不知何故兮使我糊涂。


我的所爱在河滨；

想去寻她河水深，

歪头无法泪沾襟。

爱人赠我金表索；

回她什么：发汗药。

从此翻脸不理我，

不知何故兮使我神经衰弱。


我的所爱在豪家；

想去寻她兮没有汽车，

摇头无法泪如麻。

爱人赠我玫瑰花；

回她什么：赤练蛇。

从此翻脸不理我，

不知何故兮——由她去罢。

一九二四年十月三日。

# 野草·希望

　　这伟大的抒情诗人，匈牙利的爱国者，为了祖国而死在可萨克兵的矛尖上，已经七十五年了。悲哉死也，然而更可悲的是他的诗至今没有死。

一九二五年一月一日。

# 热风·反对"含泪"的批评家

现在对于文艺的批评日见其多了，是好现象；然而批评日见其怪了，是坏现象，愈多反而愈坏。

我看了很觉得不以为然的是胡梦华君对于汪静之君《蕙的风》的批评，尤其觉得非常不以为然的是胡君答复章鸿熙君的信。

一，胡君因为《蕙的风》里有一句"一步一回头瞟我意中人"，便科以和《金瓶梅》一样的罪：这是锻炼周纳的。《金瓶梅》卷首诚然有"意中人"三个字，但不能因为有三个字相同，便说这书和那书是一模一样。例如胡君要青年去忏悔，而《金瓶梅》也明明说是一部"改过的书"，若因为这一点意思偶合，而说胡君的主张也等于《金瓶梅》，我实在没有这样的粗心和大胆。我以为中国之所谓道德家的神经，自古以来，未免过敏而又过敏了，看见一句"意中人"，便即想到

《金瓶梅》，看见一个"瞟"字，便即穿凿到别的事情上去。然而一切青年的心，却未必都如此不净；倘竟如此不净，则即使"授受不亲"，后来也就会"矜"，以至于"瞟"以上的等等事，那时便是一部《礼记》，也即等于《金瓶梅》了，又何有于《蕙的风》？

二，胡君因为诗里有"一个和尚悔出家"的话，便说是诬蔑了普天下和尚，而且大呼释迦牟尼佛：这是近于宗教家而且援引多数来恫吓，失了批评的态度的。其实一个和尚悔出家，并不是怪事，若普天下的和尚没有一个悔出家的，那倒是大怪事。中国岂不是常有酒肉和尚，还俗和尚么？非"悔出家"而何？倘说那些是坏和尚，则那诗里的便是坏和尚之一，又何至诬蔑了普天下的和尚呢？这正如胡君说一本诗集是不道德，并不算诬蔑了普天下的诗人。至于释迦牟尼，可更与文艺界"风马牛"了，……

三，胡君说汪君的诗比不上歌德和雪利，我以为是对的。但后来又说："论到人格，歌德一生而十九娶，为世诟病，正无可讳。然而歌德所以垂世不朽者，乃五十岁以后忏悔的歌德，我们也知道么？"这可奇特了。雪利我不知道，若歌德即 Goethe，则我敢替他呼几句冤，就是他并没有"一生而十九娶"，并没有"为世诟病"，并没有"五十岁以后忏悔"。而且对于胡君所说的："自'耳食'之风盛，歌德、雪利之真人格遂不为国人所知，无识者流，更妄相援引，可悲亦复可笑！"这一段话，也要请收回一些去。

……

临末，则我对于胡君的："悲哀的青年，我对于他们只有不可思议的眼泪！""我还想多写几句，我对于悲哀的青年底不可思议的泪已盈眶了。"这一类话，实在不明白"其意何居"。批评文艺，万不能以眼泪的多少来定是非。文艺界可以收到创作家的眼泪，而沾了批评家的眼泪却是污点。胡君的眼泪的确洒得非其地，非其时，未免万分可惜了。

……

一九二二年十一月十七日。

# 鲁迅译文集·《池边》译者附记

五月初，日本为治安起见，驱逐一个俄国的盲人出了他们的国界，送向海参卫去了。

这就是诗人华希理·淎罗先珂。

他被驱逐时，大约还有使人伤心的事，报章上很发表过他的几个朋友的不平的文章，然而奇怪，他却将美的赠物留给日本了：其一是《天明前之歌》，其二是《最后之叹息》。

那是诗人的童话集，含有美的感情与纯朴的心。有人说，他的作品给孩子们看太认真，给成人看太不认真。这或者也是的。

但我于他的童话，不觉得太不认真，也看不出什么危险思想来。他不像宣传家，煽动家；他只是梦幻、纯白，而有大心，也为了非他族类的不幸者的叹息——这大约便是被驱的原因。

一九二一年。